BLAZING - MAX

VERSIONE ITALIANA

KYLIE GILMORE

Traduzione di
MIRELLA BANFI

Blazing – Max © 2021 di Kylie Gilmore

Copertina di: Michele Catalano Creative

Traduzione di: Mirella Banfi

Pubblicato da: Extra Fancy Books

ISBN-13: 978-1-64658-096-5

$$1$$

Max

Non mi sfugge l'ironia di guidare lungo Lovers' Lane per spalare la neve dal viale della proprietà di una donna che ho desiderato dal primo momento in cui l'ho vista. Innanzitutto perché non potremo mai diventare amanti. Brooke Winters è fidanzata. Secondo, ho i geni dei Bellamy e questo significa che l'impegno non è cosa per me. Il concetto risale a mio padre che se n'è andato quando avevo otto anni, dicendo che stava affogando nelle responsabilità. La gente dice che assomiglio molto a lui: flemmatico, sempre in cerca di divertimento. Ciò che intendono dire veramente è irresponsabile. Probabilmente è il motivo per cui sono ancora single.

Arrivo alla vecchia fattoria olandese, una casa a due piani con le scandole di legno di cedro, con una grande ala di lato. Questo posto risale al diciottesimo secolo, molto prima che fosse fondata la città. La struttura è buona, ma immagino che all'interno necessiti di un mucchio di lavoro per farla diventare un Bed & Breakfast. È quello che intendono fare le sorelle Brooke e Paige. Penso che sarà un'ottima cosa per la nostra cittadina e c'è gente in abbondanza in città cui piacerà tutta l'aria fresca e la natura che abbiamo qui. "Città" per noi significa New York.

Svolto nel viale e metto in funzione lo spazzaneve. Vedo un lampo di rosso. C'è una donna con una giacca di lana beige e una sciarpa rossa avvolta intorno alla testa che sta industriosamente cercando di togliere la neve davanti alla porta d'ingresso con una paletta. È un raschietto per il ghiaccio preso dall'auto?

Allungo il collo e vedo una Mazda nera parcheggiata dietro un cumulo di neve creato dallo spazzaneve del comune, alla fine del cul de sac. Non è un buon posto per parcheggiare. Il vento soffierà la neve sull'auto e, se arriverà il camion spargisale del comune, l'autista potrebbe non vederla.

Fermo il pick-up, abbasso il finestrino e mi sporgo fuori. Il vento mi soffia la neve sulla faccia. «Ehi!» *Brooke o Paige? So chi vorrei che fosse.*

La donna bruna continua alacremente a spalare con la paletta ridicolmente piccola. Mi viene in mente Cappuccetto Rosso, pronta a entrare e a incontrare il grande lupo cattivo. Invece ha me, grande ma non cattivo. Dicono che sono affascinante.

Spengo il motore, scendo e attraverso il prato con i miei stivali impermeabili. «Ehi, laggiù.»

Lei si gira, in mano ha... Una spazzola per cani? Reprimo una risata. È Brooke, la donna fidanzata per cui devo fingere di provare solo un interesse da amico. Mi ha assunto suo fratello Wyatt per questo lavoro. Ho conosciuto Brooke due mesi fa quando è venuta al Festival d'Inverno di Summerdale. Era col suo cane, Scout, un golden retriever senza alcun talento visibile, che aveva iscritto al concorso di abilità canina. Scout mi stava appiccicato addosso. Peccato che non portasse a facilitare la conoscenza di Brooke. Il suo scintillante anello di fidanzamento praticamente mi gridava di tenere le distanze. Non mi impediva di guardare però.

«Salve» mi dice, con gli occhi verdi che mi fissano diretti. «Non osare ridere. Il mio raschietto per il ghiaccio si è rotto questa mattina quando ho ripulito l'auto. Questa è l'unica cosa disponibile.» Fa una pausa. «Ti ha mandato Wyatt?»

«Esatto.» Le offro la mano guantata. «Sono Max Bellamy.»

Non do per scontato che mi ricordi da due mesi fa, anche se il suo volto grazioso sembra impresso nella mia mente.

Lei scuote la testa. «Sono Brooke. Wyatt è sempre un passo avanti. Il fratellone che si prende cura di noi. Comunque, ho comprato questo posto.»

Annuisco. «Ci siamo già incontrati al concorso di abilità canina, al Festival d'Inverno, in gennaio.»

Sembra riflettere e poi sorride, un sorriso radioso che la trasforma da carina a bella. Sento il polso che accelera. «Oh, sì. La meraviglia barbuta. Sembri diverso con il cappello che ti copre la testa. Ricordo che Scout non voleva lasciarti in pace. È stato imbarazzante. Non l'ho mai visto reagire in quel modo a una persona.»

Sorrido. «Meraviglia barbuta?»

Lei mi guarda da sotto le ciglia e il mio cuore accelera. «Devi essere una meraviglia, almeno per lui.»

«Immagino lo abbia lasciato a casa.»

Le indica vagamente verso la strada. «È a casa di Wyatt, dove abito quando sono qui in città.»

«Beh, puoi ritirare la tua spazzola per cani, la meraviglia barbuta ha uno spazzaneve e un badile sul camion. Ripulirò tutto in un attimo.»

«Grazie.» Espira forte e il fiato forma una nuvoletta bianca nell'aria. «Oggi è stato un disastro dall'inizio alla fine. Dovevamo cominciare la ristrutturazione dopo mesi di attesa dei permessi, ho preso due settimane di ferie dal lavoro per controllare che le cose andassero lisce e ora la squadra di operai non riesce ad arrivare qui dal New Jersey.»

«Perché non hai assunto qualcuno del posto?»

Lei alza bruscamente una mano e la spazzola vola direttamente verso di me. «Oh!»

L'afferro prima che mi colpisca sul petto.

«Scusa!» esclama. «Prima il mio cane non smette di arrampicarsi su di te e adesso ti tiro una spazzola!»

Gliela restituisco e i nostri sguardi si incrociano. Tra di noi scatta una scintilla, un riconoscerci primitivo. Lei apre le labbra. Attrazione. *Reciproca.*

Indietreggio di un passo. Non ho intenzione di perdere tempo con una donna fidanzata. Non ho bisogno di agitare le acque, specialmente visto che la maggior parte dei miei clienti risiede in questa comunità dove le voci corrono in fretta.

Brooke sbatte gli occhi un paio di volte. «In risposta alla tua domanda, non ho usato gente del posto perché conoscevo la ditta di Gage per via del mio lavoro di architetto nel New Jersey e mi fido di lui. Le strade non sono abbastanza pulite perché ce la faccia ad arrivare oggi, ma arriverà domani.»

Do un'occhiata allo strettissimo sentiero lungo circa dieci centimetri che ha scavato nella neve. «Quindi stavi spalando il vialetto davanti all'ingresso per l'arrivo della squadra domani?»

Lei alza una mano. «So che sembro un'idiota, visto che sto spalando con una spazzola per cani, ma ero così ansiosa di entrare e rivedere il posto. E avevo intenzione di fare qualche altra fotografia prima che comincino a demolire. Le ho già, ovviamente, lo ho usate per calcolare il budget della ristrutturazione ma ne volevo altre prima che la casa sia sventrata. Spero che pubblichino un articolo sulla locanda in una rivista di architettura, farebbe parlare di noi.» Sembra veramente eccitata per questo progetto. Senza dubbio è un impegno enorme.

«Fico.»

Lei indica la strada. «Quindi immagino che andrò ad aspettare in auto che tu finisca qui.»

«Portala nel vialetto quando me ne vado. Quello non è un buon punto per parcheggiare. Potrebbe essere investita dal camion spargisale.»

«Lo farò!»

Fa un passo verso di me. Io mi sposto alla sua destra per togliermi dalla sua strada proprio mentre lo fa lei. Facciamo una specie di balletto, cercando di girarci attorno e in qualche modo finiamo sempre per starci addosso. Sarebbe divertente se non mi piacesse un po' troppo starle vicino.

Lei si ferma e mette una mano vicino al mio petto. La faccia incorniciata dalla sciarpa rossa è stupenda, pelle chiara con le guance arrossate dal freddo e gli occhi verdi che spiccano in contrasto. «Se potessi tornare indietro da quella parte. Penso che sarebbe più facile per me ricalcare i tuoi passi e il vialetto è quasi pulito, quindi...»

«Giusto.» Scuoto mentalmente la testa, irritato per la mia stessa distrazione. Mi volto, diretto al mio pick-up.

Aspetto che lei esca sulla strada prima di rimettermi al lavoro. Mentre spalo il vialetto verso la fine del lungo viale, do una bella occhiata alla parte posteriore della proprietà. È enorme. Migliaia di metri quadrati di quello che una volta era terreno agricolo che finisce dove cominciano i boschi. Anche il terreno davanti è vasto, la casa è arretrata rispetto alla strada. Potrebbe essere un ottimo cliente per la Bellamy Landscapes. Spero che non abbia già assunto nel New Jersey un'impresa che progetti e realizzi i giardini perché vorrei proprio che mi prendesse in considerazione.

Ho bisogno di lavoro per aiutare Liam, mio fratello, a salvare la sua fattoria nel Vermont. Mi ha chiamato ieri, facendomi pressioni perché venda la casa che è stata della famiglia di nostra madre per generazioni. Mio fratello, che è il maggiore, mia sorella e io l'abbiamo ereditata congiuntamente quando la mamma è morta due anni fa, anche se io sono l'unico che ci vive. È un cottage originale in riva al lago che risale agli anni Sessanta, quando Summerdale fu fondata dagli hippy come comunità utopica. Mio nonno aveva aiutato a costruirlo. Ha bisogno di riparazioni, ma è in una posizione eccellente, sulla riva del lago Summerdale e dovrebbe fruttare una bella somma.

Il fatto è che non voglio vendere. Non solo perché la casa fa parte della storia della nostra famiglia, ma per me è il posto ideale per la mia impresa e tutti i più bei ricordi di famiglia sono lì. Se riuscissi a rilevare la quota di Liam, ottenendo una buona commessa, le cose andrebbero a posto. Non posso chiedere un prestito dando la casa come garanzia perché Liam vuole incassare, non avere altri debiti. Lui non può ottenere un altro prestito per la fattoria, quindi oggi tenterò di ottenere un prestito personale come piano di riserva a quello di *cercare di ottenere nuovi lavori alla svelta*.

Mi ha dato un mese per rilevare la sua quota o vendere la casa. Non sta facendo il difficile. È solamente tutto il tempo che ha prima di finire in seri guai finanziari. E non per farmi ancora più pressioni, ma ha appena scoperto che la sua ragazza è incinta. Non ha intenzione di sposarla, ma non vuole nemmeno diventare un senzatetto. Voilà, i geni irresponsabili dei Bellamy in bella vista.

Quando il marciapiede è pulito, torno al mio pick-up per prendere il soffiatore dal pianale, per pulire il vialetto davanti. Mi sento pieno di speranza solo guardando le dimensioni di questa proprietà. Forse non finirò per annegare nei debiti e non sarò obbligato a vendere la casa. Appena avrò finito chiederò a Brooke se ha già pensato al giardino.

Brooke

Resto seduta nella mia auto a scaldarmi le dita gelate e guardo Max che sta ripulendo in fretta il vialetto davanti alla casa. È fantastico come uno spazzaneve funzioni meglio di una spazzola per cani. Ah! Scuoto la testa, un po' imbarazzata. Prima che arrivasse Max, avevo perfino tentato di togliere la neve dalla porta usando le mani guantate, ma le dita si sono congelate in fretta. Non è stato il mio momento migliore. Ero così ansiosa per il primo progetto come capo architetto; la posta in gioco non è mai stata così alta. Non solo Paige e io abbiamo investito i risparmi di tutta la nostra vita in questa locanda, mia sorella, maggiore di me, è stata in grado di contribuire con più soldi e ha ridotto le ore lavorative per dedicare più tempo alla ristrutturazione. Siamo socie alla pari nonostante la disparità di investimento e quindi sento ancora di più la pressione. Devo dimostrarle di avere fatto la scelta giusta entrando in affari con me.

Ho già detto che mia sorella è una vera dura?

Le voglio bene, ovviamente, altrimenti non sarei mai entrata in affari con lei. Contavo i giorni che mancavano per cominciare e non potevo permettere a un'anomala tempesta di neve di impedirmi di fare qualcosa, *qualunque cosa*, per procedere. La locanda sulla Lovers' Lane deve avere successo. Farò tutto ciò che è in mio potere per far finire in tempo la ristrutturazione e rispettare il budget.

Qualche minuto dopo, vedo Max che si avvicina alla mia auto. Risucchio il fiato quando arriva. È più di una meraviglia barbuta. È *favoloso*. Alto, spalle larghe, occhi azzurri che scintillano di buon umore. Indossa una giacca scozzese azzurra, jeans e stivali neri e scommetterei che ci siano molti bei muscoli nascosti lì sotto, ottenuti col duro lavoro fisico realizzando giardini. Sul lato del suo pick-up c'è la scritta BELLAMY LANDSCAPES. Peccato che io abbia rinunciato agli uomini.

Sono stanca, lo ammetto. Sembra che attragga sempre l'uomo sbagliato. Di solito, quando penso che le cose stiano andando bene con un uomo quello o mi tradisce oppure sparisce, non si fa vivo a un appuntamento e ignora le mie chiamate e i messaggi. E poi, ovviamente, ci sono quelli che si comportano come se fossero seri e invece vogliono solo sesso, cosa che scopro quando si precipitano fuori dalla porta per non farsi più vedere. Perfino instaurare la regola del sesso solo dopo il quarto appuntamento non ha arginato la marea dei tizi *scopa e scappa*. Sono io che attraggo i peggiori o sono solo gli uomini della mia età che sono terrorizzati dagli impegni? È troppo cercare una brava persona per accasarsi? Ho ventisette anni e sono pronta per qualcosa di duraturo.

Comunque non riuscendo a trovare una soluzione al problema uomini, mi sono semplicemente tolta dal gioco. È il motivo per cui porto il vecchio anello di fidanzamento di Paige: per tenere alla larga gli uomini.

Abbasso il finestrino quando Max si avvicina. «Ciao, già finito?»

«Sì, puoi entrare. Ti dispiace se do un'occhiata in giro con te?»

«Uh.» Sono agitata e non riesco a pensare a un solo motivo

per cui non *dovrebbe* entrare con me tranne che vorrei evitare un uomo che trovo attraente. Non posso permettermi distrazioni in questo momento critico per la locanda e non voglio assolutamente rischiare un'altra delusione. Come faccio a dirgli che è troppo attraente per starmi attorno senza far sembrare che stia facendo una mossa?

Lui continua, con la voce morbida come la seta. «Vivo qui da tutta la vita e non ho mai visto l'interno. Sono curioso.»

Mi tolgo i guanti, assicurandomi di muovere la mano in modo che il diamante scintilli. È il mio scudo anti-uomini. Grazie a Dio, il fidanzato di Paige ha lasciato il paese prima del loro matrimonio. *Scusa Paige!* «Certo, perché no?»

«Bene.» Apre la portiera e mi offre la mano per aiutarmi a scendere.

Ignoro la sua mano e scendo da sola. Lui richiude la portiera al mio posto. *Belle maniere. No. Non importa. C'è un motivo perché hai rinunciato agli uomini.*

Tre mesi e mezzo non bastano? Ehi, quaggiù abbiamo dei bisogni.

Niente da fare. Ricordi Rick, che mi ha tradita e si è comportato come se fossi pazza a immaginare una cosa simile? Li avevo visti insieme.

Abbiamo dei bi-so-gni!

«Allora che programmi hai per questo posto?» mi chiede Max interrompendo la silenziosa conversazione con le mie parti basse.

«Parecchi» dico cercando di riportare la mente al suo solito posto ordinato. «Quando la ristrutturazione sarà completata, avremo cinque stanze per gli ospiti e un appartamento per il proprietario della locanda. Sarebbe mia sorella Paige. Io lavorerò qui part-time.»

«Devi essere molto legata a tua sorella.»

«Mmm, sì. Abbiamo avuto i nostri litigi da bambine. Qualche momento particolarmente brutto da adolescenti ma adesso che siamo adulte siamo molto legate.»

«Brutto nel senso di tirarsi i capelli oppure era più non parlarvi assolutamente?» Mi rivolge un sorriso sghembo che mi riscalda tutta. «Da quello che ho sentito può essere altrettanto letale.»

Rido. «Tirarsi i capelli, urlare e lanciare cose. Ci sono solo due anni di differenza e siamo entrambe testarde. Quella dolce è Kayla, la nostra sorella minore. Hai una sorella? Sembri conoscere il normale comportamento tra sorelle.»

«Sì. È più giovane di me. Lei aveva me e mio fratello, il maggiore, quindi non ho mai assistito a un litigio tra sorelle.»

Percorriamo il vialetto bello pulito e cosparso di sabbia e sale per arrivare alla mia nuova locanda. Il rivestimento esterno di legno di cedro è in buone condizioni e il tetto è stato sostituito cinque anni fa. Cammino eretta, piena di orgoglio. La locanda sarà il mio primo glorioso successo come capo architetto.

Prendo la chiave dalla borsa e apro lo porta. Entro nel soggiorno, lieta che ci sia ancora abbastanza caldo. Abbiamo lasciato acceso il riscaldamento al minimo in modo da non far gelare le tubazioni.

Max entra dietro di me. «Salve anni Settanta.»

Mi fa ridere. «Il rivestimento di legno in effetti risale agli anni Cinquanta. La precedente proprietaria era una donna anziana che hanno dovuto trasferire in una casa di riposo. Ha l'Alzheimer. La casa è stata della sua famiglia fin dalla costruzione. Riesci a crederci? La stessa famiglia ha vissuto qui per centinaia di anni.»

Max passa una mano sul rivestimento di legno. «Eredità di famiglia. È un peccato che abbiano dovuto vendere.»

«La proprietaria non ha mai avuto figli e non c'era nessun parente che la volesse.»

Mi guardo intorno, catalogando mentalmente quello che faremo nel soggiorno. I pavimenti di legno sono perlopiù in buone condizioni, basterà sostituire qualche tavola. Restaureremo le vecchie finestre, che non sono quelle originali ma sono comunque antiche. Il soffitto con le travi a vista è ancora in ottimo stato, ci saranno da ritoccare solo le travi. Una volta tolto il rivestimento di legno dalle pareti, spero di trovare l'intonaco sottostante in buone condizioni.

I lavori più impegnativi riguarderanno la cucina, le camere e i bagni. Dovremo anche aggiungere qualche bagno. Poi ovviamente c'è l'impianto elettrico, quello idraulico e l'aggiunta dell'aria condizionata. Fortunatamente il pozzo e la fossa settica sono già delle dimensioni giuste per le necessità della locanda. Mi mordo le labbra per non sorridere e rimbalzo sulla punta dei piedi. La casa offre già molto e io farò il resto.

«Sembri avere una tua visione di questo posto» dice Max.

«Certo. Guardati pure intorno mentre faccio le fotografie.»

Max alza le mani. «C'è qualcosa a cui dovrei prestare attenzione? Qualche tavola che cede? Procioni?»

Sorrido. «È tutto in ordine. Abbiamo fatto pulire la casa da cima a fondo quando hanno tolto i mobili della precedente proprietaria. Sono sicura che i procioni si siano trasferiti in un quartiere migliore.»

Max piega la testa: «Migliore del Lovers' Lane? Non credo. Ho sentito che ci sono parecchi procioni che vengono qui in luna di miele».

«La migliore spazzatura della città, eh?»

Mi rivolge un sorriso che arriva fino ai suoi occhi azzurri dove si formano delle piccole rughe. «Pasti da veri gourmet.»

Mi sento tutta calda a quel sorriso, il polso accelera. No. Niente da fare. Frugo nella borsa per prendere la macchina fotografica e comincio a fare le fotografie.

Max va verso la mia sinistra. «Whoa. Queste scale sono strette.» Torna in soggiorno. «La gente doveva essere bassa e magra nei bei tempi andati per adattarsi a queste scale.»

«No, a meno che fossero malnutriti. La scala è stretta perché è sostenuta dalle pareti ai lati. La spazio era prezioso in queste vecchie strutture. Le scale moderne occupano molto più spazio.»

«Uhm. Sai il tuo mestiere.»

«Lo spero. Altrimenti i cinque anni passati a ottenere la Laurea in Architettura, i tre anni di apprendistato e passare un esame in sei parti sarebbero serviti solo a permettere a mia madre di vantarsi con i vicini.»

Max si mette a ridere. «Sei divertente.»

Faccio spallucce. «Probabilmente non lo sarò quando comincerà la ristrutturazione. Avrò un mucchio di responsabilità sulle spalle, per rispettare i tempi e il budget. Abbiamo investito tutti i nostri risparmi in questo progetto.»

Max fischia in segno di simpatia prima di tornare verso le scale.

Io mi sposto nella cucina e faccio altre fotografie, solo per essere sicura di averne una buona quantità per l'eventuale articolo su una rivista di architettura. Ce ne sono parecchie che potrebbero essere interessate, oltre alle riviste regionali dedicate al turismo in quest'area. Forse la locanda potrebbe finire in copertina! Mi è veramente mancato stare qui. È più di un mese che non vengo perché sono stata molto occupata al lavoro, a trasferirmi a casa di mia madre per risparmiare sull'affitto e a preparare i progetti per questo posto.

La cucina potrebbe tranquillamente essere usata per una Sitcom sugli anni Cinquanta, con un vecchio lucidissimo frigorifero bianco, armadietti rosa antico e i pavimenti di linoleum. Mi dispiace dover buttare i vecchi elettrodomestici, ma perché sia un vero Bed & Breakfast avremo bisogno di una cucina da gourmet e dovremo anche ingrandirla, espandendola sul retro. Abbiamo in programma di assumere uno chef come consulente per fargli studiare i menu per la colazione e insegnare a me e a Paige come cucinarli. Non possiamo permetterci di assumere un cuoco a tempo pieno. Un giorno, forse...

Poco dopo Max mi raggiunge al piano di sotto, dove sto immaginando una serie di divani intorno al camino originale.

«Grazie per la visita» mi dice.

«Non era nemmeno una visita guidata. Non ci sono problemi. Hai visto l'ala nuova? È dove ci saranno la suite più grande e l'appartamento privato. C'è una porta nel soggiorno.»

Max scuote la testa. «No, ma va bene così. La casa originale è sufficiente. Hai già dei piani per il terreno intorno? Magari un orto per la cucina, un laghetto per le carpe koi con una cascata, dove gli ospiti potrebbero rilassarsi, piante perenni.»

Lo fisso. «Sembra che tu ci abbia già pensato. Abbiamo previsto di realizzare un'area gioco per i cani dato che saremo un B&B che accetterà i cani.»

Inarca le sopracciglia. «Ah, davvero? Perfetto. Sono sicuro che sarete popolari. Avete già assunto qualcuno per progettare i giardini?»

«No, non ancora. È compito di Paige. Sta controllando alcune imprese.»

Lui si illumina. «Sono quello che cercate.» Toglie il portafoglio dalla tasca posteriore dei jeans, prende un biglietto da visita e me lo porge. «Avete una proprietà con tantissimo potenziale. Posso farlo diventare un sogno per i vostri ospiti. Inoltre sono del posto e il proprietario dell'impresa, quindi potete chiamarmi in ogni momento, giorno e notte se c'è un problema. Posso preparare un progetto e presentarlo a te e a Paige?»

Guardo il suo biglietto da visita cercando di pensare a un motivo per dirgli di no. Ha un sito web, ed è quello che preferisce Paige, perché può guardare i progetti già realizzati. Oh, diavolo. Non voglio avere pregiudizi nei suoi confronti solo perché è favoloso. Anche i belli hanno bisogno di clienti.

«E ho esperienza con le proprietà vaste» aggiunge. «In questo momento sto lavorando sui giardini della tenuta Bell, ma potrei inserire il vostro progetto. Ho uno staff di quattro persone, più me. Il Bell è in città, è dove si è tenuto il ballo reale per il Festival d'Inverno. Ti ho vista lì.»

«Davvero?»

Curva le labbra in un sorriso. «Difficile non notarti.»

Arrossisco, con il cuore che aumenta i battiti. Non l'avevo notato al ballo. Ero troppo occupata a mordermi le unghie, nervosa perché non sapevo se avrebbero accettato la nostra offerta per la locanda. Ero andata al ballo solo perché mia sorella Kayla aveva insistito, dato che ero in città. Lei vive qui con il suo fidanzato, Adam. Probabilmente sperava che incontrassi qualcuno di qui e mi innamorassi. Niente da fare. È romantica da quando si è innamorata pazzamente. Non capisce che sto ancora portando il mio scudo anti-uomini. Un bello scudo: una fascia d'oro con un diamante rotondo scintillante.

Guardo l'espressione ansiosa di Max e cedo. «Certo, ci piacerebbe vedere la tua offerta.»

«Perfetto. Grazie mille. Che ne dici di giovedì per incontrarci? Per me va bene qualsiasi ora, dopo le quattro.»

«Giovedì sarebbe perfetto. Paige parte venerdì per andare al suo lavoro in città.» New York per noi è "la città". Paige è un'agente immobiliare che adesso lavora solo i fine settimana per poter passare più tempo qui.

Guardo il suo biglietto da visita. «Ti chiamerò per dirti l'ora esatta.»

«Perfetto.» Mi porge la mano da stringere. Metto la mia nella sua e si scatena una serie di sensazioni che risalgono lungo il braccio. Esperienza molto diversa senza i guanti. La sua mano è calda e forte mentre stringe saldamente la mia molto più piccola.

Max lascia cadere la mano e fa in fretta un passo indietro. «Sarà meglio che torni al lavoro.» Si volta e va verso la porta. Poi si ferma e torna indietro. «Grazie, Brooke. Apprezzo l'opportunità.»

«Certo.»

Mi sorride, torna verso la porta ed esce.

Il mio polso accelera a quel sorriso. Non avevo detto che l'avrei assunto. Era solo contento di avere l'opportunità. Mi fa pensare che abbia veramente bisogno del lavoro. In effetti potrebbe essere una buona cosa: potrebbe indurlo a fare uno sforzo in più per farlo bene.

Se lavoreremo insieme dal punto di vista professionale, il fatto che sia favoloso sparirà dall'equazione. Non mi sono mai lasciata coinvolgere da qualcuno sul mio libro paga. Un laghetto per le carpe koi con una cascata sembra carino. E un orto potrebbe completare ciò che serviremo come colazione. Erbe fresche, scalogno, cipolle, patate. Sto già pensando a tutte le possibilità. Paige e io abbiamo parlato solo di ripulire il terreno, piantare qualcosa e un'area gioco per i cani.

Adesso devo solo convincere Paige che queste aggiunte saranno un buon investimento per noi. Mi metto la mano sul collo. E devo anche convincere il mio polso a non accelerare ogni volta che Max sorride.

2

———

Max

Picchietto rapidamente il volante mentre mi dirigo a casa di Wyatt, con l'adrenalina in circolo. C'è tanto che dipende da come andrà la mia offerta questa sera. Tre giorni fa Brooke mi ha mandato una carta topografica della proprietà e da allora ho lavorato come un matto per arrivare a un progetto paesaggistico completo. Ho bisogno di questo progetto. La banca mi ha rifiutato il prestito personale. Ho troppo pochi risparmi e troppi debiti aziendali per l'acquisto delle attrezzature e i camion per potervi accedere. Non scherzo. Investo tutto ciò che guadagno nell'impresa. I clienti sono per la maggior parte gente del posto ma ora, con la tenuta Bell e magari questa locanda, la Bellamy Landscapes potrebbe aspirare ad arrivare a un livello più alto.

Non smetto mai di pensare alla situazione di mio fratello. Una fattoria sull'orlo del baratro e una ragazza incinta. Coltiva erba da fieno e quando ha smesso di usare prodotti chimici, l'ottanta per cento dell'erba è morta. Ha parlato con gli altri agricoltori e ha trovato una giovane coppia che era riuscita a far rivivere i prati introducendo galline, tacchini e pecore. Qualcosa sugli animali che brucavano e intanto fertilizzavano i campi favorendo la produzione di fieno. Ha bisogno di soldi per comprare gli animali e per superare il periodo nero finché i campi saranno di nuovo produttivi. Il nuovo metodo di coltivazione non è solo più ecocompatibile, senza l'uso dei prodotti chimici, ma potrà anche vendere la carne, le uova e la lana. Alla lunga avrà successo, se riuscirò ad aiutarlo senza vendere la casa.

Espiro bruscamente, rimpiangendo amaramente di aver concesso uno sconto al Bell per l'ammodernamento dei loro giardini. L'avevo fatto solo per fare un favore alla mia amica Sloane. Il Bell viene affittato per gli eventi e Sloane l'aveva prenotato per il ballo reale del Festival d'Inverno. Avevo ottenuto un prezzo ridotto per il catering in cambio dello sconto sui lavori di giardinaggio. Sloane e suo padre sono come una famiglia per me. Non gliel'ho mai nemmeno detto.

Il padre di Sloane, Rob Murray, è veramente una persona buona e onesta. Negli anni è stato un secondo padre per me. Mentre frequentavo ancora le superiori mi ha dato il mio primo lavoro nella sua officina di riparazioni e mi ha insegnato tutto quello che so sulle auto. La verità è che quando ho cominciato a lavorare da lui non sapevo praticamente niente. L'avevo convinto ad assumermi dicendogli che imparavo in fretta e che ero pronto a lavorare sodo. Ripensandoci, probabilmente aveva visto un adolescente combattivo che aveva bisogno di soldi. La vita non era facile con il solo stipendio di segretaria di mia madre. Papà non ha mai pagato il mantenimento per noi ragazzi. In effetti non lo avevamo più visto. Irresponsabile, come ho detto.

Rob non mi aveva solo dato un lavoro quando ne avevo più bisogno, ma mi permette di lavorare part-time nella sua officina in inverno, quando i lavori di giardinaggio rallentano. Se potessi scegliere un padre, sceglierei lui.

Svolto nel lungo viale in salita che porta a casa di Wyatt. In città si dice che sia un miliardario, in pensione dopo aver venduto una start-up in campo tecnologico. Ha poco più di trent'anni. Dev'essere bello. Passo davanti a un faro grigio sulla destra, in un proprietà senza sbocchi sull'acqua. In effetti è una torre idrica camuffata da faro, come racconta

Wyatt a chiunque lo chieda. Gli era piaciuta l'ironia e dice che è il motivo principale per cui ha comprato la casa.

Parcheggio il pick-up e prendo un raccoglitore con le fotografie e il tubo di cartone che contiene i miei progetti. Sono autodidatta, ma credo di avere buon occhio. Almeno i miei clienti sembrano sempre soddisfatti. Qui però siamo a un altro livello. Non ho mai fatto un progetto così vasto. I giardini del Bell erano già stati progettati. Io ho solo dato una rinfrescata. Anche se li ho convinti a sostituire un viale di cemento pieno di crepe con le lastre di pietra.

Faccio un respiro profondo e scendo dal pick-up. La fortuna sorride agli audaci, giusto? Oppure è ai coraggiosi? Beh, è la stessa cosa. Non importa.

La casa di Wyatt è un edificio grande a due piani, con il rivestimento di assicelle grigie. Sono già stato qui, di nuovo grazie a Sloane. Mi aveva invitato per un servizio fotografico per il calendario per beneficenza del suo ragazzo, Caleb, per raccogliere fondi per il locale rifugio per animali. Un uomo a torso nudo con un cane per ogni mese. Non esattamente il mio mondo, ma ho un debole per Sloane, quindi avevo ovviamente accettato. Per me è come una sorellina. La stessa cosa con mia sorella, Skylar, che mi adora. E non è solo il mio ego a parlare. Me lo dice senza la minima traccia di ironia. Skylar dice quello che pensa, senza filtri, ma in senso buono. È come un raggio di sole.

Pensare all'adorazione incondizionata di Skylar mi calma, quasi come se stesse incoraggiandomi. *Certo che ce la puoi fare, Max! Sei il migliore.* Se otterrò questa commessa cercherò di coinvolgerla nel lavoro alla locanda. Magari Brooke e Paige avranno bisogno anche di una arredatrice d'interni.

Arrivo alla porta azzurra e suono il campanello.

I cani cominciano ad abbaiare furiosamente. Sono solo una piccola shi tzu bianca e una meticcia di pitbull. È il loro modo di annunciare che c'è qualcuno alla porta. L'avevano fatto per ognuno di quelli che arrivavano per posare per il calendario.

La porta si apre e appare Wyatt, un uomo più o meno della mia statura, con capelli castani in disordine, occhi castano chiaro e una corta barba. Ha la shi tzu sotto il braccio e tiene la pitbull per il collare. Scout, il golden retriever di Brooke si lancia verso di me e si mette in piedi contro la mia gamba. La scuoto per staccarlo.

«Giù» dice Wyatt ai cani, che si acquietano immediatamente. Poi si rivolge a me. «Ehi, Max, entra. Paige e Brooke ti aspettano al tavolo della cucina.»

Entro. «Grazie.»

Lui appoggia a terra la shi tzu e mi indica di seguirlo. I cani mi girano attorno per annusarmi. Scout continua a urtarmi la mano con il muso in cerca di carezze. Gli do solo una grattatina sulla testa, con i disegni infilati sotto il braccio.

«Hai fatto qualche altro servizio fotografico a torso nudo di recente?» chiede Wyatt.

«Ah, no.» Lo seguo lungo il corridoio, cercando di non calpestare la cagnolina. Gli altri cani adesso mi seguono, cercando di annusarmi il sedere. Mi affretto. «È stato un caso isolato.»

«Già, anche per me, ma era per una buona causa.»

«Scout, vieni!» lo chiama una donna. Probabilmente Brooke.

Scout ci supera di corsa e gli altri cani lo inseguono. Immagino che Scout sia l'alfa di questo piccolo branco.

«Ho sentito che inizieranno a maggio i lavori per la costruzione del rifugio» dico, dato che stavamo parlando del calendario fatto per quello.

Wyatt mi sorride voltando la testa. «L'ho sentito anch'io.»

Sloane mi ha detto che sospetta che Wyatt abbia anonimamente donato l'importo che mancava, dopo le raccolte fondi, per la costruzione del rifugio. Non l'ha mai ammesso, ma è l'unico in città che avrebbe potuto disporre di quell'importo. Il suo sorriso adesso mi dice che è sicuramente stato lui.

Entro in una cucina moderna, bianca e grigia. Il mio sguardo va direttamente a Brooke, seduta a un grande tavolo di legno chiaro, in una zona pranzo davanti alla cucina. Intravedo anche sua sorella Paige, ma non riesco a distogliere lo sguardo da Brooke. Ho pensato a lei più di quanto avrei dovuto.

Lei si alza e sento la bocca secca. Il maglione bianco e rosa a costine aderisce alle sue curve e i jeans scuri sono perfetti su quel corpo sexy. Mi dico che devo concentrarmi sull'anello di fidanzamento ma i miei occhi tornano subito al suo corpo e agli occhi verdi. Splendida, dalla testa ai piedi.

Risucchio il fiato, perdendo di colpo l'equilibrio. Scout mi ha colpito dietro le ginocchia. Mi sta girando intorno scodinzolando. Poi mi salta sulla gamba, arcuando la testa per farsi accarezzare.

«Scout!» esclama Brooke. «Mi dispiace tanto, Max.» Corre da me e afferra il suo collare, ordinandogli di sedersi. Scout obbedisce. Brooke mi guarda negli occhi. «Devi avere un buon odore per lui. Di solito non si comporta così.»

«La meraviglia barbuta odora di carne fresca» dico scherzando.

Lei ride. «Giusto. Qualcosa del genere. Comunque, grazie per essere venuto.»

Wyatt richiama i cani, scuotendo la mano chiusa, probabilmente contiene dei biscottini perché i cani si precipitano verso di lui e lo seguono fuori dalla cucina.

«Posso offrirti qualcosa da bere?» mi chiede Brooke con un sorrido dolce.

Torno di colpo alla realtà. È ora di ottenere la commessa più importante e di cui ho disperatamente bisogno per non perdere la casa di famiglia o deludere mio fratello, con la sua fattoria in crisi e la ragazza incinta. Facile... «Sto bene così, grazie. Sono pronto a presentarvi la mia proposta.»

Questa volta Brooke mi rivolge un tiepido sorrido professionale, come se avesse appena ricordato lo scopo della mia visita. «Certo.»

Va verso il tavolo della cucina e io la seguo. «Paige, ti presento Max Bellamy, della Bellamy Landscapes. Max, mia sorella Paige.»

Rivolgo l'attenzione a sua sorella. I capelli castani di Paige hanno delle highlights e sono più corti e ondulati di quelli di

Paige. È completamente truccata e indossa una maglia dallo scollo a V con un disegno di ciliegie. L'aspetto di Brooke è molto più naturale. Etichetto immediatamente Paige come un tipo difficile da accontentare, il tipo che va regolarmente dal parrucchiere e passa troppo tempo tra creme e trucchi. Che vi posso dire. Conosco le donne.

Mi avvicino e tendo la mano a Paige. «È un piacere conoscerti.»

I suoi occhi castani sono acuti e mi stanno valutando, controllano la mia espressione e danno una breve occhiata alla mia maglia. «È un piacere anche per me.»

Sono di colpo grato di essermi preso il tempo di regolare la barba e mettermi una polo a maniche lunghe, pantaloni con le pince e scarpe di pelle. Spero di aver superato l'ispezione.

Brooke mi fa segno di sedermi davanti a Paige e si mette a capotavola, accanto a me. Appoggio il raccoglitore sul tavolo, una raccolta indicizzata di tipi di piante, cespugli e fiori, e prendo i disegni arrotolati nel tubo, stendendoli sui tavolo.

Paige volta immediatamente i disegni in modo che siano girati verso di lei e Brooke li sposta per poterli vedere anche lei.

«Qualche informazione su di me» dico. «Sono il proprietario della Bellamy Landscapes. Siamo in attività da undici anni, con clienti locali fissi, oltre a lavori su qualche grande progetto come il vostro. Ho uno staff di quattro persone oltre a me e facciamo tutto, dalla progettazione all'impianto vero e proprio, oltre al taglio dell'erba e le potature. In inverno spaliamo anche la neve.»

«Wyatt l'ha assunto per spalare la neve alla locanda durante l'ultima tempesta di neve» dice Brooke.

Sorrido, ricordandola mentre cercava di togliere le neve con la piccola spazzola per cani. Vorrei ricordarglielo per prenderla in giro, ma non è il momento.

«Ho visto più che altro case private sul tuo sito web» dice Paige.

«Sì, sono il grosso della mia clientela, ma come ho detto a

Brooke...» Le do un'occhiata e lei sorride, incoraggiandomi. «... stiamo lavorando al Bell adesso...»

«Perché non è sul tuo sito web?»

«Non abbiamo ancora finito e mi piace mettere le foto del prima e del dopo.»

«Smettila di interromperlo» dice Brooke. «Voglio sentire del suo progetto.»

Paige le rivolge un'occhiata irritata e Brooke reagisce allo stesso modo. *Sorelle.*

Continuo. «Questa è la vista frontale della locanda.» Mi alzo e vado a mettermi tra le due sorelle per indicare le cose sul disegno mentre parlo. Mi appassiono all'argomento, sinceramente entusiasta dell'idea e delle sensazioni che può dare un bel giardino ai visitatori, la prima volta che lo vedono. Piante native che si fondono con l'ambiente intorno ma che dicono anche che questo è un confortevole B&B in campagna. C'è molta gente in città che apprezzerebbe tutta l'aria fresca e la natura di cui godiamo qui.

Paige interrompe continuamente con le sue domande, a cui sembro rispondere in modo soddisfacente. Brooke si limita ad ascoltare.

Quando arrivo alla parte posteriore della proprietà, Brooke sta sorridendo e annuendo. Paige resta impassibile.

Finisco e mi siedo. Apro il raccoglitore. «Questo mostra come appariranno le piante e i cespugli durante le diverse stagioni. Alcuni bei colori per la primavera, l'estate e l'autunno.»

«Oh, mi piace l'idea dell'aspetto che cambia secondo le stagioni» dice Brooke.

Vengo colto dall'ispirazione. «La mia squadra potrebbe occuparsi delle decorazioni natalizie all'esterno se vorrete: ghirlande, rami, luci, qualunque cosa.» Non abbiamo mai fatto decorazioni natalizie ma ora che ci penso, perché no? Tranne rimuovere la neve il lavoro è scarso in inverno. Potrebbe essere un'altra fonte di introiti per noi, con le famiglie troppo prese dal lavoro o perfino per i negozianti locali. Sono un genio.

«Posso pensare io alle decorazioni» dice Paige. «Allestisco regolarmente gli appartamenti per la vendita, per l'altro mio lavoro. Non ci serve aiuto per le decorazioni.»

«Giusto. Nessun problema. Diamo un'occhiata alle felci di New York. Tra parentesi, queste felci resistono ai cervi. Sembra che il sapore non sia gradito.»

«E i cani?» chiede Paige.

«Non credo che i cani mangino le piante» dice Brooke. «A Scout non interessa proprio se lascio cadere una foglia di lattuga.»

«Controllerò prima di procedere» dico.

Quando ho finito sono pieno di energia al pensiero di questo splendido progetto. Non riesco assolutamente a capire che cosa sta pensando Paige. Brooke sembra contenta, anche se è chiaro che non farà una mossa senza il parere di sua sorella. È ora di concludere.

«Potrei cominciare dalla settimana prossima. Innanzitutto gli scavi necessari, ripulire quello che c'è già e poi lavorare sulle strutture necessarie, come l'area gioco per i cani, il sentiero ricurvo verso il cortile posteriore, il patio e il laghetto per le carpe koi. Poi aspetterei un paio di settimane prima di piantumare le aiuole, per assicurarci che il tempo sia abbastanza caldo da far sopravvivere le piantine di notte.»

Tolgo il preventivo dal fondo del raccoglitore. Non ero proprio sicuro come valutare un progetto come questo. Ho calcolato i costi e la mano d'opera più il solito ricarico del quindici per cento. È quello che addebito ai clienti residenziali. Non sapevo se avrei potuto caricare di più per un progetto commerciale e non volevo rischiare di perderlo visto che il lavoro mi serve così urgentemente.

Paige guarda il preventivo senza dire una parola e poi lo passa a Brooke.

«Vorreste firmare oggi o preferite avere tempo per pensarci?» chiedo, cercando di nascondere la mia ansia.

Paige mi sorride e si alza, tendendomi la mano. «Ci metteremo in contatto.»

Accidenti, sembra un no. Le stringo la mano. «Certo e grazie per il tempo che mi avete dedicato. Potete tenere i progetti, per riguardarli.»

Mi volto verso Brooke per stringerle la mano. Lei la ignora, alzandosi. «Ti accompagno.»

Prendo la mia roba ed esco con Brooke. Vorrei chiederle che ne pensa delle mie idee ma non voglio sembrare disperato come sono in effetti.

«È un buon progetto» mi dice. «Mi piace specialmente l'idea del rifugio intimo con il laghetto per le carpe, la cascata e le panche di pietra.»

«Grazie. È sempre un bene avere dei posti per far sedere i clienti. Hai un'idea della tempistica?» C'è un acconto del dieci per cento alla firma del contratto e potrebbe impedire a mio fratello di starmi col fiato sul collo. Ha detto che mi avrebbe lasciato un mese eppure continua a mandarmi messaggi sulle proprietà nella nostra zona e a quanto sono state vendute. Pensa che siamo seduti su una miniera d'oro. Ovviamente non ha un attaccamento sentimentale alla casa che è stata della nostra famiglia per generazioni. Immagino che abbia altre preoccupazioni.

«Il giardino non è la nostra priorità, se devo essere sincera» dice Brooke. «Ci preoccupa di più ristrutturare l'interno.»

«Sarebbe meglio procedere con entrambe le cose allo stesso tempo. Io potrei cominciare con la parte posteriore della proprietà, in modo da non intralciare l'impresa di costruzioni. È un lavoro grosso.»

«Vedrò che cosa ne pensa Paige. È lei quella incaricata dell'esterno. Stiamo ancora aspettando il permesso per l'area giochi per i cani. Abbiamo appena scoperto che devono tenere un'assemblea pubblica con tutti i residenti del Lovers' Lane per vedere se sono d'accordo.»

«C'è parecchio lavoro da cui si potrebbe cominciare.» Mi fermo davanti all'ingresso e faccio un ultimo sforzo. «Mi piacerebbe essere coinvolto nella prima locanda di Summerdale.»

Lei sorride, con gli occhi verdi che brillano divertiti «Che ne dici dell'Horseman Inn? Ho sentito che è qui da secoli.»

«Andava bene per i coloniali. Non è più una locanda da oltre cent'anni.»

Lei mi guarda piegando la testa. «Comunque, che cos'è un *horseman*?»

«Secondo mio nonno, il nome della locanda serviva per attirare la gente a cavallo che attraversava lo stato. Inoltre le diligenze si fermavano spesso a Summerdale sulla strada per New York, oppure mentre andavano più a nord, a Boston.»

«Ha senso. Bello.»

Insisto sul lato storico, visto che sembra piacerle. «Io sono un residente di Summerdale di terza generazione. Mio nonno era uno dei fondatori originali, negli anni Sessanta, quando avevano progettato la città come una specie di utopia. Vivo nel cottage sul lungolago che ha aiutato lui a costruire.»

La sua faccia si illumina, interessata. «Davvero. Oh, mi piacerebbe visitarlo. Sono passata da Lakeshore Drive e ho visto alcune delle case a due piani più nuove, ma restano solo poche case originali a un piano. Scommetto che è storica.»

Mi viene in mente che avrei dovuto menzionarlo durante la mia presentazione. Terza generazione di residente di Summerdale significa che conosco questa cittadina e che voglio aiutare ad aumentarne l'attrattiva con la locanda. «La mia casa ha bisogno di essere ristrutturata, ma la vista è impagabile. Fammi sapere quando vuoi visitarla. Il mio numero è sul biglietto da visita.»

Lei stringe le labbra. «Mi piacerebbe visitare una struttura originale di Summerdale, ma probabilmente dovrà aspettare. Devo concentrarmi sulla locanda. Ho due settimane di ferie e poi sarò qui solo part-time. Per ora lavoro ancora a tempo pieno nello studio di architettura nel New Jersey, con due giorni di lavoro da remoto il giovedì e il venerdì.»

«A me sembrano due lavori a tempo pieno.»

Brooke lascia uscire rumorosamente il fiato. «Sì, e sarà così probabilmente per un po'. Ma ho bisogno dello stipendio.»

«Resterai a tempo pieno a Summerdale una volta finita la

ristrutturazione?» Non dovrebbe importarmi, visto che è fidanzata, ma spero comunque che resti da queste parti.

Lei annuisce. «Mi piacerebbe lavorare part-time alla locanda e lavorare part-time come architetto per i clienti locali. Mi interesserebbe in particolare progettare case. È molto più soddisfacente che lavorare sugli edifici commerciali. È per quello che ho studiato architettura.»

Mi accorgo che sto chinandomi verso di lei. Profuma di fiori. «Bene» dico con troppo entusiasmo. Sento il calore che sale lungo il collo. «Cioè, intendevo, bene per te.»

Lei studia la mia espressione prima di voltarsi in fretta e andare verso la porta. L'anello di fidanzamento scintilla alla luce. «Arrivederci, Max. Grazie per essere venuto.»

Mi sgonfio immediatamente. Niente data, niente contratto. Grosso problema.

Mi sforzo di sembrare allegro. «Felice di aver avuto l'opportunità. Arrivederci.»

Esco, depresso, e vado verso il mio pick-up. Mi sa che è ora di contattare un agente immobiliare.

3

Brooke

È venerdì pomeriggio, è il quarto giorno da quando ho cominciato il mio progetto come capo architetto e sono entusiasta dei progressi che stiamo facendo. Sapevo che assumere Gage era la mossa giusta. Abbiamo la stessa età, quindi mi sembra di parlare lo stesso linguaggio. È un capo nato, veloce, decisivo e, cosa importantissima, competente. Ha una sua impresa di costruzione da quando aveva diciotto anni. Sono tranquilla sapendo che il lavoro di ristrutturazione sarà nelle sue mani capaci quando dovrò forzatamente ridurre la mia presenza tra poco più di una settimana.

Paige è tornata in città per il suo lavoro nel campo immobiliare. Non era pronta ad assumere Max dato che aveva un'altra impresa di giardinaggio con cui voleva parlare. A me piaceva veramente il progetto di Max e in particolare il fatto che vive a Summerdale e che era così entusiasta. Okay, mi piace lui. Sembra un uomo sincero, schietto. Non se ne incontrano molti. Non riesco a immaginarlo che sparisce semplicemente.

Fisso il cortile posteriore della locanda attraverso il telo di plastica che ha preso il posto della parete della cucina. Immagino Max lì, che lavora a torso nudo, con i muscoli lucidi di sudore. *Oddio. Ehi, datti una calmata.* Do la colpa al lungo periodo di astinenza e al fatto che è la prima volta che sono il capo progetto. Non ho mai dovuto pensare alle possibili complicazioni di lasciarmi coinvolgere da qualcuno che pago. Comunque Paige e io abbiamo deciso fin dall'inizio che le decisioni vanno prese insieme, quindi assumere un'impresa di giardinaggio dovrà aspettare fino a settimana prossima.

Giro intorno allo spazio della cucina. Hanno completato la demolizione e ora è un guscio vuoto, senza la parete posteriore dove ingrandiremo la cucina. Gage si assicura sempre che la squadra ripulisca tutto la sera prima di andare via, quindi non è troppo male qui quanto a polvere e detriti. Mi assicuro solo che la struttura sia in buono stato prima di segnare il percorso dei tubi idraulici.

Mi volto ed entro in quella che sarà la sala da pranzo appena fuori dal grande soggiorno. Gage entra con un'espressione lugubre sul volto; in mano ha un piede di porco. Sento una scarica di adrenalina vedendo quell'espressione. Penso immediatamente al budget e a quanto tempo ci costerà il problema che ha incontrato, qualunque sia.

In effetti, se non lo conoscessi già da tempo, Gage sembrerebbe un tantino minaccioso. È grande e grosso, con i capelli castani corti, rasati di lato, un po' di barba e muscoli possenti sotto la camicia di flanella rossa. Gli avambracci, visibili dato che ha arrotolato le maniche, sono pieni di tatuaggi. Immagino che li abbia anche altrove, ma non l'ho mai visto a torso nudo. È attraente, in quel suo modo ruvido, se non vi dispiace il tipo forte e silenzioso. Io preferisco un tipo che parla senza dover chiedere.

«Che c'è?»

«Muffa nel seminterrato, a causa di un tubo scoppiato. Non so quanto si sia diffusa. Vorrei rimuovere alcuni pannelli di rivestimento in soggiorno per controllare l'interno delle pareti. La perdita era proprio sotto il soggiorno.»

«La cucina sembrava a posto dopo la demolizione» dico, cercando disperatamente di aggrapparmi alla speranza.

Lui inclina la testa. «Lascia che valuti il danno. La bonifica dalla muffa non è facoltativa. Dovrai trovare qualcuno del posto per fargliela fare.»

Mi stringo le braccia intorno. «Certo, vediamo che cosa abbiamo.»

Con il piede di porco stacca una tavola di legno del rivestimento, che si spezza in due. «Roba a buon mercato» borbotta. Prende una torcia dalla cintura degli attrezzi e controlla nello spazio sotto. Poi stacca parecchie altre tavole finché in metà del soggiorno resta solo il vecchio intonaco polveroso. Non si vedono macchie d'acqua.

«Ti dispiace se faccio un piccolo buco nell'intonaco per guardare dietro?» mi chiede.

«Va bene. Dovremo comunque dare un'altra mano di intonaco. Le pareti sono quelle originali della casa.»

Lui annuisce. «Devi andartene, ci sarà molta polvere. Vado a prendere un seghetto e una maschera.»

Deglutisco il groppo che sento in gola ed esco. Indosso già una giacca leggera perché in casa fa fresco. Cammino irrequieta avanti e indietro finché non sento il ruggito del seghetto elettrico, che mi scuote i nervi.

Mi allontano, andando verso la strada e continuando a camminare avanti e indietro davanti alla casa. Ovviamente mi aspettavo che ci fossero problemi. Nessun progetto di ristrutturazione è facile e so che è una vecchia fattoria, ma non voglio veramente perdere alcuni degli elementi che avevo progettato. Ed è esattamente quello che succederà se questo problema ci farà finire fuori budget. Dovrò tagliare da qualche altra parte.

Poco dopo, Gage appare sul portico anteriore, togliendosi gli occhiali e la maschera.

Mi affretto ad andare da lui. «Allora?»

Mi sorride. «Niente muffa. E anche le assicelle e il gesso originali dietro gli strati di intonaco sembrano sane.»

«Oh, grazie al cielo.»

«È comunque necessario procedere alla bonifica nel seminterrato. Probabilmente il problema è recente, altrimenti la muffa si sarebbe diffusa.»

«Hai un'idea dei costi o della tempistica?»

«Normalmente ci vuole qualche giorno per la bonifica e ti costerà sui tremila dollari, più o meno. Dovremo stare alla larga mentre fanno il lavoro quindi perderemo qualche giorno. Chiama subito qualcuno e appena avrai una data precisa vedremo di lavorare intorno a quella.»

Cerco di non andare in iperventilazione. Il programma è fatto in modo da far intervenire i vari subappaltatori in tempi precisi. Se devo rimandare l'idraulico, ad esempio, tutti gli altri dovranno aspettare. È possibile che non riesca a riaverli tutti nel momento giusto. La primavera è un periodo di forte lavoro per le imprese.

«Stai bene?» mi chiede Gage. «Mi sembri più pallida del solito.» Gage non usa giri di parole.

Mi appiccico un sorriso sul volto. «Bene, grazie. Troverò qualcuno per la bonifica e mi metterò in contatto con te appena saprò qualcosa.»

«Okay.» Si volta e torna in casa.

Vado in macchina, salgo e prendo la borsa del laptop. È il mio ufficio mobile. *Non sclerare. Perdere la testa è esattamente il contrario di quello che ti serve adesso.* Aspetterò a dare a Paige la brutta notizia finché saprò esattamente quanto è grave la situazione.

Apro la custodia con movimenti scattosi e accendo il computer. Ci vuole un secolo per caricare i programmi. Se perdo la testa adesso come farò nei prossimi tre mesi? Avevamo previsto di aprire in giugno nella speranza che una stagione estiva con molti clienti ci avrebbe aiutato con i costi. Devo rimanere concentrata e calma.

«Ahhh!» Lancio un urlo di frustrazione.

Dimentichiamoci il laptop. Prendo il telefonino per una veloce ricerca su Google sui costi della bonifica dalla muffa in quest'area. Sono alti. Ovvio. È tutto costoso da queste parti. Mi suda la fronte. Non mi era mai importato tanto di un progetto finché non ci sono stati in ballo i miei soldi.

La casella della posta in entrata trabocca, ma la ignoro. Ci sono alcune notifiche di messaggi e li controllo nel caso siano importanti. Il mio capo vuole che lo chiami riguardo ad alcuni disegni a CAD che ho fatto prima di andarmene per le mie due settimane di vacanza, Paige vuole sapere come va, Kayla mi ha invitato a pranzo per domani e c'è un messaggio da un numero sconosciuto.

Invio qualche risposta veloce e clicco sul numero sconosciuto. *Salve, sono Max Bellamy. Spero che non ti dispiaccia che abbia chiesto il tuo numero a Kayla. Volevo solo vedere se hai domande riguardo alla mia proposta.*

È passato solo un giorno da quando ci siamo incontrati. Deve *veramente* avere bisogno del lavoro. Non so nemmeno se saremo in grado di realizzare tutto quello che avevamo in programma. Al momento, preferirei rimandare il giardino pur di non dover ridimensionare i lavori di ristrutturazione.

Gli rispondo: *Ciao, Max. Potremmo dover ridimensionare i programmi per il giardino a causa di problemi di ristrutturazione. Paige ha altre due imprese di giardinaggio che dovrebbe vedere lunedì. Ti farò sapere.*

Max: *Spero che i problemi non siano gravi. Capisco che una vecchia casa possa presentare qualche difficoltà.*

Mi rilasso un po'. Mi piace che le abbia chiamate "difficoltà" invece di "gravissimo disastro" che, devo ammetterlo, è stato il mio primo pensiero. Per un attimo prendo in considerazione di sfogarmi con lui. Non voglio scaricare tutti i miei problemi su Paige perché voglio dimostrarle che sono in grado di fare questo lavoro. Desidero ancora dimostrare il mio valore alla sorella maggiore. Triste ma vero. Devo fare la mia parte, sapendo che ha investito più soldi e che presto lavorerà qui a tempo pieno.

Sospiro. Non conosco abbastanza bene Max da sfogarmi con lui. Lo ringrazio e scendo dall'auto con il laptop. Ho bisogno di rinfrescarmi dopo la sudata nervosa. Appoggio il laptop sul cofano dell'auto e comincio a lavorare. Sarà meglio che questa *difficoltà* non incasini tutto. Quante sfide dovrò affrontare? Meglio non saperlo in anticipo.

~

Max

Mi siedo sul portico di casa mia, guardando il panorama dal lago Summerdale. I teneri germogli sugli alberi tutto intorno presto ammanteranno tutto di verde. Nuova vita. Forse è ora che cambi anch'io. Perché sono aggrappato a questo cottage rivestito di legno accanto al lago? Nostalgia. Dolci ricordi d'infanzia.

Mio nonno che mi portava sul lago in barca a remi e mi insegnava a pescare.

Papà che mi insegnava a nuotare. I suoi *urrah* quando ero riuscito a nuotare a cagnolino al primo tentativo.

Liam, Skylar e io che correvamo lungo la spiaggia. Nuotando e schizzandoci. Skylar che ci invitava ai suoi eleganti picnic, con le fate e i folletti.

I fuochi d'artificio del Quattro Luglio, insieme a tutta la famiglia.

La mamma che decorava la nostra zattera per la regata di fine estate.

Scuoto la testa. Sono un adulto adesso. Il nonno e la mamma non ci sono più. Volevo bene a entrambi ed è difficile abbandonare la loro eredità, questo cottage. Papà è un ricordo lontano dato che avevo otto anni l'ultima volta in cui l'ho visto. Devo vivere nel presente. Ancora non ho un grosso cliente che possa aiutarmi a uscire da questa situazione e adesso Brooke dice che potrebbero dover ridimensionare il progetto dei giardini per via dell'aumento dei costi della ristrutturazione.

Dato che sembra che non otterrò i soldi di cui ha bisogno Liam, devo almeno accettare la possibilità di vendere la casa. È ora di smetterla di tenermi aggrappato a un edificio per via dei bei ricordi. Il fatto è che ne sono proprietario in solido con i miei fratelli e uno di loro ha bisogno di vendere alla svelta. È il motivo per cui oggi ho convocato un agente immobiliare durante la pausa pranzo. Sto ancora aspettando di sentirlo. Ho avvertito mia sorella Skylar. La sua reazione? *Dobbiamo*

avere fiducia nell'universo, ma spero che potremo tenere la casa.
Anche lei ha dei bellissimi ricordi.

Un'anatra mi sorvola e ammara sull'acqua con uno spruzzo, nuotando in giro e tuffando la testa per trovare la cena. Forse Liam si sbaglia circa il valore della casa. Siamo sinceri: è stata costruita negli anni Sessanta e l'unico ammodernamento è stata la cucina negli anni Ottanta. Papà lavorava nelle costruzioni eppure non aveva mai fatto nulla per la nostra casa, preferendo sdraiarsi sulla poltrona reclinabile con una birra, alla fine della giornata. La parte migliore della casa è il portico, che comunque è grande abbastanza solo per quattro persone. All'interno non c'è l'aria condizionata centralizzata, solo due condizionatori a finestra: in soggiorno e nella mia stanza, nella mansarda al secondo piano. Tre camere, un bagno e la cucina con una zona pranzo e un seminterrato con l'accesso all'esterno. Niente di spettacolare, tranne la posizione.

Suona il mio telefono e mi si stringe lo stomaco pensando che dovrò parlare di vendere la casa. È un numero locale. «Max Bellamy» dico.

«Ehi, Max. Sono Pete Faulkner. Ho visto che mi hai chiamato. Hai intenzione di vendere la casa?»

Espiro bruscamente. «Per il momento sto solo tastando le acque. Vorrei vedere che valore ha prima di decidere.»

«Dov'è la casa?»

«Lakeshore Drive a Summerdale. È uno dei cottage originali sul lago.»

«Wow, rarissima. Sono rimasti solo pochi cottage originali e in pochi vogliono vendere a Lakeshore Drive. Ti posso già dire fin d'ora, senza nemmeno vederla, che frutterà un bel prezzo. Alla gente di città piace acquistare queste piccole case, da usare per le vacanze.»

Mi si ribalta lo stomaco. «Okay, adesso che cosa si fa?»

«Passerò domani mattina. Avrò bisogno di qualche fotografia dell'esterno e dell'interno, alla luce del sole. Sono entusiasta e hai chiamato nel momento più adatto per vendere. La primavera è quando la gente cerca casa.»

Sento la bile che mi risale in gola mentre mi accordo per un'ora e gli do il numero civico. Riappendo e chiudo gli occhi. Non posso fare a meno di pensare che Liam e Skylar alla fine rimpiangeranno di aver venduto il cottage sul lago. So che io lo rimpiangerò. Adesso non potremmo mai permetterci di comprare una proprietà in questo posto e fa parte della storia della nostra famiglia. Rivedo mia madre che si rilassa qui fuori sulla sedia a sdraio con un libro e il grande cappello a falde larghe. Ricordava spesso a Liam e a me, che eravamo sulla spiaggia, di stare attenti alla nostra sorellina.

Mi strofino gli occhi. *Mi dispiace, mamma.*

Il mio telefono suona di nuovo. Un numero locale, ma non lo stesso di Pete. Rispondo, incuriosito.

«Ciao Max. Sono Audrey. Io, uhm, ho avuto il tuo numero da Kayla.» Kayla sembra essere la centrale di collegamento qui in città. A me ha dato il numero di Brooke. Audrey Fox è stato il mio primo amore, all'ultimo anno delle superiori. Era finita quando era andata alla Columbia University perché non avevo voluto tarparle le ali. È brillante e credevo che sarebbe andata lontano. Invece era tornata a Summerdale dopo un semestre e aveva frequentato l'università statale. Suo padre aveva perso il lavoro e non potevano più permettersi la retta della Columbia. A quel punto io stavo con un'altra. Nonostante viviamo nella stessa città, Audrey e io ci siamo parlati a malapena per anni, tranne un breve saluto.

Mi siedo più diritto. «È un piacere sentirti, Audrey.»

«Mi chiedevo se potessimo incontrarci a pranzo domani. Vorrei parlarti.»

«Di che cosa?»

«Solo di vecchie cose che vorrei capire meglio. Ho avuto un po' di tempo per pensarci e ritengo di essere stata troppo dura con te. Sai, quando ti ho urlato contro alla Serata delle Donne e ti ho definito quello sbagliato.»

È stata dura. Qualche mese fa mi sono imbattuto in Audrey al bar dell'Horseman Inn. Era sbronza, ma abbastanza in sé da definirmi l'uomo sbagliato e dire che non aveva tempo da perdere per i tipi come me. Aveva detto che il suo orologio biologico stava ticchettando e che lei voleva un marito e dei figli, in quell'ordine. Poi mi aveva gridato di andarmene. Mi aveva fatto male. Una volta eravamo così legati.

Aspettate, non starà pensando a me come candidato per il ruolo di marito e padre, vero? Non ricorda i geni dei Bellamy? Perfino dopo la mia relazione seria con Penny, durata cinque anni, non ero riuscito a sposarla. Lei lo voleva; io non ero riuscito a farlo. Nemmeno mio fratello è il tipo che si sposa e Skylar è un tale spirito libero che non riesco a immaginarla accasata.

«Max?»

«Certo, volentieri.»

«All'Horseman, a mezzogiorno.»

«Per me va bene. Potrei vendere la mia casa.» Mi si stringe lo stomaco quando dico quelle parole.

«Oh no! Tu adori quella casa. *Io* adoro quella casa. Così carina e il panorama è spettacoloso.»

Le racconto tutta la storia, dicendole che cosa mi ha portato a questo punto. È una buona ascoltatrice, calorosa e incoraggiante. Mi racconta qualcosa di quello che ha fatto da quando abbiamo veramente parlato l'ultima volta.

Un'ora dopo riappendo sentendomi un po' più leggero. Il sole sta tramontando sul lago. In lontananza ci sono due cigni che nuotano e poi si fermano, uno di fronte all'altro, con i lunghi colli curvi che disegnano quello che sembra un cuore. Il mio polso accelera un po'. Forse c'è qualcosa tra Audrey e me, dopo tutti questi anni. Sono passati undici anni dalla nostra relazione di sei mesi. Abbiamo entrambi ventinove anni. Forse siamo a un punto delle nostre vite in cui il momento è giusto.

Orologio biologico.

Mi alzo di colpo e rientro in casa. Mi sono detto che non mi sarei mai fatto una famiglia. È quello che aveva spinto mio padre ad andarsene: le responsabilità schiaccianti di una moglie, dei figli, dei conti da pagare. E tutti dicono che io sono esattamente come lui.

Prendo un burrito surgelato dal freezer e lo ficco nel microonde. La mia cena gourmet. Non mi farà male pranzare con Audrey. Mi è mancata negli anni, nonostante la vedessi in giro per la città. Audrey è il tipo di persona che lascia avvicinare solo poche persone selezionate. Mi ha tagliato fuori per tanto tempo. È quello che mi è mancato. Non tanto la nostra relazione quanto il far parte della sua cerchia intima, dove i sorrisi sono frequenti e lei dice più di *salve, come stai*.

Posso ammetterlo: in questo momento ho veramente bisogno della sua dolcezza.

4

Max

Il giorno dopo mi dirigo verso l'Horseman Inn, con il cervello in fiamme. Pete si è fermato questa mattina per fare le fotografie della casa e darmi la sua opinione professionale sul suo valore. Ed è enormemente di più di quanto avrei pensato. Il mutuo è stato estinto tanto tempo fa, quindi il ricavato netto può essere diviso in tre parti con mio fratello e mia sorella. Sarebbe sufficiente perché Liam possa acquistare gli animali che gli permetteranno di rigenerare i campi e fargli superare l'anno prossimo. Io potrei estinguere il mio prestito commerciale. Skylar potrebbe farne quello che vuole, probabilmente donare tutto per una buona causa. In ogni caso, risolverebbe parecchi problemi.

Se solo non mi facesse tanto male perdere l'eredità di famiglia. In quel cottage sul lago sono vissute tre generazioni.

Mi guardo attorno nel ristorante cercando Audrey. È sabato ma non c'è molta gente per il pranzo. Lei mi saluta agitando una mano da un tavolo accanto alla finestra nella sala da pranzo anteriore. Audrey non è cambiata molto negli anni. È piccolina, un metro e mezzo, con lunghi capelli neri, occhi azzurri e pelle chiara. Si veste sempre modestamente, di solito una camicetta e pantaloni o una gonna anche se oggi indossa un maglione rosa dall'aspetto morbido. I suoi abiti sobri non significano che lei sia una bacchettona. Impreca liberamente e ci siamo divertiti parecchio, nudi, a suo tempo. Ero stato il primo per lei.

Mi siedo al tavolo quadrato per due di legno scuro. «È bello rivederti.»

Lei sorride dolcemente. «Lo stesso per me. Com'è andata questa mattina con Pete?»

Mi chino in avanti e le sussurro il valore della casa.

Lei si porta una mano sulla bocca, spalancando gli occhi azzurri.

«Lo so. Solo grazie alla posizione in riva al lago. Inoltre è delle dimensioni giuste per chi vuole una seconda casa per le vacanze estive.»

«Wow. Quindi hai veramente intenzione di vendere?»

«Non lo so. Ha detto che dovremmo metterla sul mercato, vedere che tipo di offerte riceviamo e poi potrò decidere. La primavera è il momento giusto per vendere. Tirerò in lungo finché posso.»

«Dove andresti a vivere?»

Faccio spallucce. «Non ci ho ancora pensato. Non molto lontano. La mia impresa è qui. Nel peggiore dei casi potrei andare a stare con Rob Murray finché trovo qualcosa.»

«È stato buono con te» dice Audrey con l'accenno di nostalgia che provo anch'io da qualche giorno. Sa che ritengo Rob il mio padre onorario.

«Assolutamente. Mi aiuta ancora, lasciandomi lavorare qualche turno nella sua officina in inverno, quando per me il lavoro rallenta.»

Lei mi studia per un momento prima di prendere il menu. «Mangiamo e poi parleremo.»

«Certo.»

Una volta deciso che cosa vogliamo, mi guardo attorno e vedo Ellen, la cameriera, una donna sulla sessantina con una testa di corti capelli biondi tinti. Lavora qui da sempre. Lei fa un cenno con la testa e si avvicina.

«Oh, siete una gioia per gli occhi» dice Ellen. «Max e

Audrey di nuovo insieme. Ricordo quando venivate qua, vi dividevate una porzione di patatine fritte e parlavate fino a stordirvi.»

Colgo lo sguardo di Audrey. Sembra addolcirsi coi ricordi. «Bei tempi» dico. «Oggi stiamo solo parlando di tutto quello che è successo da allora.»

Ellen ammicca. «Certo, certo. Che cosa posso portarvi?»

Ordiniamo il pranzo: un hamburger e patatine per me, insalata col pollo per lei.

Quando Ellen se ne va, Audrey mi guarda negli occhi. «Era bello tra di noi allora» dice.

Mi siedo più diritto. *Sta sperando di tornare insieme?*

«E il tuo orologio biologico?» sbotto.

«Shh! Oh mio Dio. Non riesco a credere che tu lo abbia detto!» Si guarda attorno, ma c'è solo un'altra coppia, che non riconosco.

«L'hai detto tu quando mi hai urlato contro alla Serata delle Donne.»

Audrey si china sopra il tavolo, indicandomi di avvicinarmi.

Mi chino verso di lei e sussurro: «È quello di cui volevi parlare? Il tuo orologio biologico che ticchetta. Con quello non ti posso aiutare».

Lei sbuffa e sussurra: «Avevo intenzione di dirtelo dopo il pranzo, ma dato che lo hai tirato in ballo tu... Mi dispiace per quello che ho detto quella sera. *Tutto.* Avevo bevuto troppi margaritas».

Sorrido. «Sei sempre stata un peso piuma. Un goccio di alcol ed eri già sbronza.»

«Sì, beh, sia come sia. Ero di cattivo umore quella sera, stufa di tutti i perdenti che conoscevo tramite l'app online. Me la sono presa con te e me ne scuso.»

«Nessun problema. Non ci ho dato importanza.» *Magari solo un po'.*

Audrey si tira indietro. «Davvero? Mi sono sentita così in colpa.»

Decido di scherzare. «È stato un incubo! Mi sono svegliato

coperto di sudore freddo ogni notte per settimane. Audrey mi ha urlato contro!» Muovo le labbra come se le parole stessero uscendo dalla bocca di un cartone animato. «Quello sbagliato-sbagliato-sbagliato.» Aggiungo l'effetto eco per sottolinearle.

Audrey scuote la testa, sorridendo. «Purché non ne sia rimasto traumatizzato.»

«Completamente traumatizzato. Non mi riprenderò più.»

Lei abbassa gli occhi, passando un dito sul tavolo. «Ammetto di essere stata furiosa con te per molto tempo. Hai rotto con me proprio quando ero stata accettata nel college dei miei sogni. Non capivo perché non potessi venire a trovarmi in città. È stato insieme il momento più bello e più brutto della mia vita.»

Torno serio. «So quanto sei intelligente e io non avevo un gran futuro. Vivevo nella casa di mia madre e cercavo di avviare un'impresa di giardinaggio. Nel primo anno più che altro tagliavo l'erba. Non volevo tarparti le ali.»

Lei mi guarda negli occhi, studiando la mia espressione. «È ironico che io sia finita per tornare qui e lavorare come bibliotecaria. Devi aver pensato che avrei fatto cose sensazionali, quando tutto quello che volevo era una vita tranquilla, circondata dai libri.»

Allunga la mano sul tavolo e io poso la mia sopra la sua, con un gesto familiare e confortante insieme. «Immagino che avremmo dovuto migliorare la comunicazione tra di noi. Avevamo entrambi bisogno di crescere.»

«Ciao Max! Ciao Audrey!»

Lascio andare la mano di Audrey e mi volto vedendo Kayla e sua sorella Brooke. Incrocio lo sguardo di Brooke e di colpo sono all'erta e presente. E non perché sia una potenziale cliente. C'è qualcosa in lei che mi attrae. Oggi ha i capelli raccolti e mostra il collo. Sento il polso che accelera. Ha una giacca di piumino bianca con i jeans e stivali neri. Splendida, dalla testa ai piedi. E per splendida intendo maledettamente sexy.

Mantengo un tono amichevole. «Ehi, che bello vedervi.»

Audrey dice qualcosa, ma non riesco a concentrarmi sulle

parole perché Brooke si avvicina. Lei guarda me e Audrey e poi rivolge l'attenzione a Kayla.

«È solo un pranzo tra donne, per metterci al passo» dice allegramente Kayla. «Ci vediamo!»

«Anche noi» dico.

Tutte le donne mi fissano.

«Non per un pranzo tra donne» mi correggo in fretta. «È per parlare di quello che è successo recentemente.»

Kayla mi dà un'occhiata maliziosa e ammicca. «Giusto. Capisco. Godetevi il pranzo!»

E si spostano verso la sala da pranzo posteriore.

Il nostro pranzo arriva un momento dopo e ci fornisce la distrazione di cui avevamo proprio bisogno. Mi dico che Brooke è fidanzata e, anche se non lo fosse, io sto cercando di ottenere una commessa da lei. Che cosa voglio fare? Portarmi a letto la mia cliente più importante? Pensate al casino. Per non parlare poi del fratello iperprotettivo, Wyatt. Se gli piaci, ed è il mio caso in questo momento, è gentile e, anzi, mi sta aiutando, procurandomi altri clienti. D'altro canto ha messo in chiaro a tutti quelli che lo conoscono che non si fanno arrabbiare le sue amatissime sorelline senza scontrarsi con lui. Dato che è un miliardario in pensione, Wyatt ha i soldi e la capacità digitale di annientare chiunque. Non è un rischio che voglio correre, grazie tante.

Do un grosso morso al mio hamburger, cercando di non guardare nella sala posteriore. Sono fin troppo conscio del fatto che Brooke è seduta là.

«Com'è il tuo pranzo?» chiede Audrey.

«Buono» dico, continuando a masticare l'hamburger. «Ti piace la tua insalata?»

«Sì, in effetti. Spencer, il nuovo chef, rende tutto più interessante. Ci sono cipolle rosse sott'aceto, germogli di alfa-alfa, piccoli pomodori ciliegino con un condimento lievemente acidulo. Nel complesso è molto gustosa.»

Annuisco e continuo a mangiare, con lo sguardo che finisce nella sala posteriore nonostante stia cercando di non guardare. Kayla ci volta la schiena, bloccando parzialmente

Brooke. Ogni tanto do un'occhiata e la colgo che sorride o ride. È bello vederla con la sorella minore. Sembrano molto legate.

Mentre finiamo di mangiare Audrey dice: «Ricordo che sei andato al ballo di fine anno con la sorella minore di Matt. Avevo sempre sospettato che ti piacesse Livvie».

Okay... Allora stiamo *veramente* parlando dei vecchi tempi. Immagino che Audrey abbia bisogno di chiarire tutto.

Bevo un sorso d'acqua e mi chino sul tavolo. «La nostra rottura non è stata facile nemmeno per me, okay? Sono andato con lei perché non volevo perdermi il ballo. Tutti i miei amici avevano una dama e lei era stata la scelta dell'ultimo minuto. Sapevo che avrebbe accettato, visto che era solo al secondo anno e il ballo dell'ultimo anno era un affare importante. Dopo quello non ci siamo più visti. Non avrebbe mai potuto rimpiazzarti.»

Audrey resta a bocca aperta, spalancando gli occhi. «Oh, è molto più carino di quello che pensavo dicessi. Immagino che mi sia rimasto impresso perché ero andata con Dave, che aveva appena rotto con Sara, e poi si erano rimessi insieme proprio al ballo. Quindi ero lì da sola e ti guardavo con Livvie. Sembrava si stesse divertendo un mondo.»

Faccio spallucce. «Probabilmente è così. Non significa che mi stessi divertendo io.»

Audrey si china sul tavolo, mi afferra la maglia e mi dà un bacio sulla guancia. «Adesso mi sento meglio, grazie.»

Sorrido. «Lieto di aver potuto chiarire tutto dopo tutti questi anni.»

Ellen appoggia il conto sul tavolo e va verso l'altro tavolo. Prendo la carta di credito.

«Ci penso io» dice Audrey. «Sono io quella che ti ha invitato a pranzo.»

«È il minimo che posso fare, dopo averti causato una sofferenza così duratura.» Faccio un segno a Ellen quando ripassa e le consegno il conto con la mia carta di credito.

Audrey sorride. «Un trauma terribile. Il peggiore.» Guarda fuori dalla finestra, dove c'è Drew che sta scendendo dal suo pick-up proprio in quel momento. Ci sta fissando con uno sguardo minaccioso. Il viso spigoloso, la barba corta lo fanno apparire pericoloso. Beh, è pericoloso, cintura nera ed ex-ranger dell'esercito. Quella sera, quando Audrey mi aveva urlato contro, mi aveva praticamente buttato fuori dal bar.

Va verso l'ingresso del ristorante.

«Mi devo preoccupare per Drew?» le chiedo. «Ha un'aria letale.»

Lei si strofina il lato del collo, con le guance che diventano rosse. «Che cosa? No!»

«Voi due siete una coppia?»

Lei fissa oltre la mia spalla.

Guardo indietro mente Drew entra e viene direttamente verso di noi.

Mi comporto come se niente fosse quando si avvicina, nonostante l'impulso di tirarmi lentamente indietro. «Ehi, come va?»

Lui mi ignora, concentrato su Audrey. «Sono appena andato in biblioteca e tu non c'eri.»

Lei gesticola con aria indifferente. «A volte mi prendo una pausa per pranzare. Sono sicura che avresti potuto registrare il prestito del libro con Kathy.»

Lui mi guarda e poi torna a rivolgersi ad Audrey. «Che cosa succede qui?»

«Stiamo parlando dei vecchi tempi» dico.

Lui mi rivolge un'occhiata di ghiaccio. «Lo stavo chiedendo ad Audrey.»

Lei lo guarda con un'espressione maliziosa sul volto. «Che cosa ti sembra? Sto pranzando con il mio ex.»

«Questo è il tizio che...» Drew si interrompe, stringendo le labbra.

Volto di colpo la testa verso Audrey. Gli ha detto che sono stato il primo per lei? Che razza di rapporto hanno questi due?

«Il tizio che non mi ha portata al ballo di fine anno» dice Audrey, fingendo di essere furiosa. «Ero ancora arrabbiata, dopo tutti questi anni, ma Max mi ha dato una spiegazione molto dolce.»

Drew apre e chiude la bocca. Poi se ne va a grandi passi verso il fondo della stanza, dove c'è il bar.

Audrey pasticcia con il colletto del suo maglione, allontanandolo dal collo.

«Che diavolo hai in ballo con lui?» le chiedo. «Lo stai prendendo per il culo mentre mi sembra di ricordare che gli mandavi e-mail tutti i giorni quando era in missione per l'esercito. Come l'avevi definito? Qualcosa che diceva che era migliore degli altri.»

Le sue guance diventano rosa carico. «Niente. Shh. Di che cosa stavamo parlando prima?»

Alzo un dito, trionfante. «Un cavaliere dalla scintillante armatura.»

«Non riesco a credere che te lo ricordi» borbotta.

«Io non riesco a credere che tu gli abbia detto che sono il tizio che...»

Mi mette una mano sulla bocca. «Temo di aver detto un po' troppo nelle mie e-mail. È un po' imbarazzante.» Toglie la mano e si massaggia il collo. «Molto imbarazzante. Non avevo idea che ricordasse quel particolare. Spiegherebbe la sua ostilità nei tuoi confronti.»

«Credi? E per qualche motivo si comporta come se avesse dei diritti su di te.» Scuoto la testa. «Innanzitutto, perché raccontarlo a un altro uomo?»

Audrey alza le mani, sconfitta. «Perché stupidamente gli raccontavo tutto, come se stessi scrivendo sul mio diario. Possiamo andare?» Si alza.

Mi alzo anch'io e colgo lo sguardo di Brooke. La saluto con un cenno della testa, ignorando la mia scomoda attrazione e accompagno Audrey alla porta.

«Andiamo un attimo a parlare in privato accanto alla tua auto» dice Audrey.

Strano. Pensavo che stessimo chiacchierando perlopiù in privato. C'è altro che mi deve dire? Tipo confessioni segrete? Cammino accanto a lei, un po' a disagio.

«Max» mi dice dolcemente.

Mi chino per ascoltarla, rendendomi conto in ritardo che l'altezza del mio pick-up ci nasconde alla vista. Ho parcheggiato in fondo al parcheggio, lontano dalle finestre e dietro di noi ci sono solo alberi. Audrey spera in qualcosa di fisico. «Sì?»

«Ti perdono.»

«Okay. Bene.»

«E sarò sincera, ho dei bei ricordi dei momenti passati insieme. Ed è passato un mucchio di tempo da quanto ho conosciuto un uomo onesto. Tu sei onesto.»

Il mio cuore accelera. Mi sta chiedendo di fare sesso con lei? Non riesco a leggere tra le righe con lei. *Bei ricordi. È passato tanto tempo.*

Poi ricordo il suo orologio biologico che ticchetta. Non capisco veramente che cosa sta cercando di dirmi riguardo a noi due. In effetti abbiamo avuto dei bei momenti.

«Che cosa stai pensando?»

«Sto pensando che mi piacerebbe che mi baciassi.»

«E poi?»

«Poi vedremo.»

Io esito. «E il tuo orologio biologico?»

Fa un gesto indifferente. «Non ci penso più. Proviamo...»

La bacio, un bacio veloce. Lei mi mette le braccia intorno al collo e mi bacia. Un bacio vero, profondo, eppure non mi eccita nemmeno un po'.

Audrey si tira indietro e si mette le dita sulle labbra.

La fisso, un po' ansioso, aspettando di vedere se è arrivata alla stessa conclusione a cui sono arrivato io: siamo storia vecchia, senza un futuro. Non voglio ferire i suoi sentimenti, ma da parte mia non c'era proprio niente.

Lei lascia cadere la mano, ha un'espressione delusa. «Non era la stessa cosa.»

Sento la tensione che se ne va. So che cosa vuol dire. Sembrava familiare, confortevole ma non eccitante. «È come quando trovi una vecchia t-shirt che ti piaceva e la provi di nuovo.»

«Un dolce ricordo del passato.»

«Sì, familiare.»

Mi abbraccia. «Dovremmo tornare a essere amici, Max. Fatti vedere. Ti prometto di non traumatizzarti e non insultarti più.»

Le metto una mano sopra la testa in un gesto affettuoso. Lo stesso che uso con mia sorella e quella onoraria, Sloane. «Certo. Ora torna dentro e chiedi al tuo cavaliere dalla scintillante armatura, che a quanto pare sa tutto di te, di baciarti e vedere che cosa c'è tra voi due.»

Mi spinge via la mano dalla testa. «Niente da fare. Mi vede come la ragazzina che gli scriveva le e-mail sdolcinate, pieni di punti esclamativi ed emoji. Prima che noi stessimo insieme avevo una cotta gigantesca, non ricambiata, per lui. Non mi prende sul serio, fidati. Mi vedrà sempre come una sorellina con gli occhi da cucciolo.»

«A me è sembrato maledettamente serio quando si è fermato al nostro tavolo. Magari gli piaceva che lo chiamassi cavaliere dalla scintillante armatura.»

«Non gliel'ho mai detto! Comunque è iperprotettivo perché passavo tantissimo tempo a casa sua da ragazzina, con Sydney.» È la sorella di Drew. Mi stringe il braccio. «Grazie per aver accontentato una vecchia ex.»

«Piacere mio.»

Audrey prosegue per la strada, probabilmente per tornare a lavorare in biblioteca, io salgo sul mio pick-up. Immagino che Audrey abbia finalmente superato la vecchia ferita ancora aperta da quando eravamo ragazzi. E io non sono più in lizza come marito e padre dopo quel bacio scialbo. Il fatto è che conosco Audrey. Può anche fingere di non pensarci costantemente, ma so che avere una famiglia è ciò che desidera.

Comunque ho schivato una pallottola.

5

Max

Faccio uno sforzo, usando la schiena, per sollevare il resto del cemento sgretolato dal vialetto serpeggiante dietro alla residenza principale della tenuta Bell. Grazie al cielo la neve si è sciolta abbastanza per riprendere i lavori qui. Stiamo installando grandi lastre di pietra per sostituire il cemento. Sembrerà molto più di classe. La tenuta una volta era di proprietà di una famiglia che vi risiedeva, ma ora è usata principalmente per i ricevimenti di nozze, banchetti e altre occasioni formali.

Mi asciugo il sudore dalla fronte. Rinfrescheremo le piantumazioni lungo il viale anteriore e il patio dopo aver finito con il vialetto, poteremo i cespugli troppo cresciuti lungo i lati della proprietà e avremo finito. Commessa completata senza niente all'orizzonte che non siano il taglio dei prati e la manutenzione di routine. È passata una settimana e non ho ancora sentito Brooke riguardo al giardino della locanda. Do un'occhiata alla mia squadra che sta lavorando sodo, con una brutta sensazione nello stomaco. Pete, il tizio dell'agenzia immobiliare, ha tre clienti interessati che verranno a vedere la casa questo fine settimana. Dice che è un buon segno che ci sia già qualcuno interessato dopo pochi giorni dalla messa sul mercato. Se solo riuscissi a condividere il suo entusiasmo.

Suona il telefono e lo tolgo dalla tasca dei jeans. Brooke. Il mio cuore accelera. Può essere la notizia che spero?

Rispondo in tono professionale. «Max Bellamy.»

«Ciao Max, sono Brooke. Hai ottenuto il lavoro. Vorremo che ti occupassi tu del progetto e della realizzazione dei giardini della locanda.»

Alzo un pugno al cielo con un silenzioso *sì!* Sento una scarica di adrenalina che mi fa sentire come se potessi correre una maratona. Potrebbe significare che posso tenere la casa! Innanzitutto devo capire che parte del progetto hanno intenzione di realizzare. È una conversazione da fare a faccia a faccia, nel caso ci sia bisogno di convincerla. So che non è semplice esercitare il fascino per telefono.

«Grazie Brooke. Passerò per un'ispezione veloce e qualche misurazione.» *E far firmare il contratto e avere il deposito.* «Porterò anche i documenti. Adesso è un buon momento?»

«Sei sicuro di voler venir via a metà della giornata lavorativa? Possiamo incontrarci stasera per i documenti.»

«Non è un problema. Grazie ancora. Arrivederci.» Riappendo e appoggio il mio badile al muro della casa. «Harry!» grido, già in movimento. «Devo vedere un cliente. Puoi sostituirmi tu?»

Non aspetto la sua risposta mentre vado a prendere il pick-up parcheggiato in un lotto di terreno vicino. Non riesco a non sorridere. Era ora che succedesse qualcosa di bello. Il pensiero vola alle fotografie della locanda che pubblicherò sul mio sito web e a tutti i grandi clienti che seguiranno. Non dovrò vendere la casa; a mio fratello andrà tutto bene; si risolverà tutto. *Sì, sì, sì!*

Sono solo cinque minuti di strada e vado veloce per tutto il percorso. Parcheggio in strada e vedo Brooke che sta camminando verso il cortile anteriore. Ha le mani sui fianchi e mi sta sorridendo.

Scendo dal pick-up e lotto contro il desiderio di abbracciala e farla volare intorno a me. Sono così contento di aver ottenuto la commessa. «Ehi!»

«Hai fatto in fretta!»

Tento un'alzata di spalle indifferente ma sono così carico di adrenalina che probabilmente sembra un tic. «Stavo lavorando al Bell, a cinque minuti da qui.» Mi avvicino e le tendo la mano. «Grazie per l'ordine. Questo posto sarà una meraviglia.»

Lei mi stringe in fretta la mano, con gli occhi verdi che scintillano. «Si capisce che sei eccitato per il lavoro.»

«Maled... Cioè, accidenti, hai ragione.»

«Lavoro con falegnami e muratori. Non preoccuparti di cambiare linguaggio per me.»

«Buono a sapersi.»

«Vieni. Possiamo sederci sui gradini davanti per firmare il contratto. Ho il libretto degli assegni in borsa.» Dà un colpetto alla piccola borsa a tracolla. Si volta e va verso i gradini.

Resisto a malapena dal darmi una sberla sulla fronte. Nell'eccitazione ho dimenticato il contratto. È a casa mia. Alla faccia della professionalità. «Devo fare un salto veloce nel mio ufficio per prendere il contratto.» Almeno "ufficio" sembra professionale, anche se in effetti è solo il tavolo della cucina.

Lei si volta e sorride dicendo scherzosamente. «Fammi indovinare, eri così eccitato che hai lasciato cadere l'attrezzo che avevi in mano, qualunque fosse...» Piega la testa. «... un decespugliatore? E poi hai guidato come un pazzo fin qua.»

Sento il calore che sale lungo il collo. Sostituite badile a decespugliatore e ci è andata paurosamente vicina. «Non posso fare a meno di essere entusiasta quando so che cosa può diventare questo posto. E non dimenticare che sono un residente di terza generazione di Summerdale. Voglio che questo posto abbia successo per il bene della comunità. Anche per il bene tuo e di Paige, ovviamente. Avete intenzione di realizzare tutto il progetto?» Sono talmente eccitato che sto blaterando.

Lei sorride. «Sì, tutto.»

Alzo le mani per abbracciarla, tanto sono eccitato, ma le

abbasso in fretta. «Sì» ripeto, sorridendo come un pazzo, al colmo della gioia per questo miracolo dell'ultimo minuto. *State indietro, gente di città, la mia casa non andrà al miglior offerente.* Purché riesca a rispettare le scadenze potrò dare a Liam i soldi che gli servono. Devo eseguire il progetto in modo perfetto, rispettando i tempi. «Non vedo l'ora di cominciare.»

«Il tuo entusiasmo è parte del motivo per cui abbiamo deciso per te. Entra quando torni e vieni a cercarmi.»

La saluto alzando due dita in segno di vittoria, mi sento immediatamente imbarazzato per il gesto e mi obbligo a camminare lentamente tornando verso il mio pick-up.

Poi premo forte l'acceleratore e volo verso casa.

Un settimana dopo ho i materiali necessari per cominciare il lavoro alla locanda. Ho portato due membri della squadra con me oggi, lasciandone uno a finire i lavori al Bell e uno per il taglio dei prati e la manutenzione dei clienti regolari. La neve si è sciolta e comincia la mia stagione più impegnativa. Prima di tutto lavoreremo sulla parte strutturale e gli scavi, cominciando dietro la proprietà in modo da non dar fastidio alla ditta di costruzioni che va e viene.

Il primo progetto è un nuovo patio, con l'illuminazione. Ho avuto anche l'idea di installare qualche supporto per stendere file di lucine bianche lungo il perimetro, immaginando che agli ospiti con i cani sarebbe piaciuto restare all'aperto, giorno e notte.

In lontananza, vedo Brooke che cammina avanti e indietro. È solo il secondo giorno che lavoro qui ma lo fa di frequente, sembra agitata. Immagino che le cose non stiano andando proprio lisce all'interno. Resto in silenzio, permettendole di vederci al lavoro; qui va tutto secondo il programma. Sono grato per il contratto firmato e l'anticipo del dieci per cento. Il prossimo pagamento sarà a un quarto dei lavori, poi a metà, tre quarti e a lavori completati. Se il budget mi permettesse di assumere altra gente i lavori potrebbero andare più in fretta, ma non è semplicemente fattibile.

Sfortunatamente non ho potuto dare a mio fratello i soldi dell'acconto. Ho dovuto usarli per i materiali di cui abbiamo bisogno. Stimo di finire i lavori in sei settimane. Spero di arrivare alla metà prima del previsto, ricevere il pagamento e togliere la mia casa dal mercato. Finora ho avuto un'offerta bassa e ho replicato con una richiesta sopra il prezzo di mercato. Il compratore si è ritirato e a me sta bene.

Uno dei membri della squadra, Dave, si avvicina con un'espressione cupa sul volto. È sui trent'anni, già calvo, con un berretto della Bellamy Landscapes. Distribuisco t-shirt e berretti e anche le mascherine antipolvere quando dobbiamo tagliare la pietra. La sicurezza innanzitutto.

Gli indico di parlare. «Che c'è?»

Lui si toglie il berretto e si passa una mano sulla testa. «Abbiamo trovato dei grossi massi nell'area gioco per i cani. Avrò bisogno di un escavatore, oppure potremmo spostare di lato l'area cani, ma è possibile che incontriamo lo stesso problema.»

L'area gioco è al margine della proprietà, accanto a dove cominciano gli alberi. Non mi sorprende che ci siano dei massi. Probabilmente gli agricoltori avevano tolto le pietre solo dalla zona erbosa che una volta era terreno agricolo. I massi sono comuni dalla nostre parti. Brooke e Paige avevano scelto la zona accanto al bosco in modo che il rumore dei cani non disturbasse gli altri vicini.

«Va bene» dico. «Vado a parlare con Brooke e Paige per vedere che cosa vogliono fare.»

«Okay.» Va nella zona del patio che stavo scavando e prende una bottiglia d'acqua dal frigorifero portatile.

Vado sul davanti della casa. Brooke mi ha detto che lei e Paige sono entrambe sul posto il giovedì e parte del venerdì. È venerdì mattina tardi quindi spero che Paige sia ancora qui. Preferirei non dover aspettare fino a lunedì che prendano insieme una decisione. Ho bisogno che il lavoro prosegua di buon passo.

La porta è aperta ed entro nel rumore dei lavori di costruzione. Ci sono uomini che stanno riparando il parquet, gente in cucina che sta installando gli armadietti e ancora rumore oltre il salotto verso la sinistra della scala. Non vedo le sorelle in soggiorno o in cucina, quindi continuo.

C'è un grosso buco nella parete oltre il salotto dove immagino che stiano espandendosi. Alcuni operai stanno lavorando appena fuori dal buco. Forse per un altro bagno o un corridoio verso il nuovo locale? Hanno abbastanza terreno per ingrandire la casa.

Le sorelle e Gage, il capo della squadra, stanno parlando davanti a un grosso camino. Gage si è infilato dentro e indica la canna fumaria. Brooke e Paige sembrano agitate. Forse non è il momento migliore per avvicinarle con un problema.

Arretro e vado a sedermi sulla scala stretta nella sala anteriore per un minuto, per pensare. Nemmeno io posso permettermi di lasciare le cose in sospeso. Paige probabilmente partirà presto per andare in città.

Una sega si spegne e sento la discussione animata delle sorelle. Gage mi passa davanti per andare dalla sua squadra, senza notarmi.

«Ha detto che *dobbiamo* rifare la canna fumaria e inserire un rivestimento» dice Brooke. «Ha ragione, è il codice edilizio.» Riconosco la sua voce perché è più acuta di quella di Paige.

«Oppure potremmo chiuderlo e non usarlo» dice Paige. «Mi piace questa alternativa.»

«Non possiamo non avere il camino» dice Brooke. «Fa parte del fascino storico. La gente si riunirà in salotto per godersi il fuoco.»

«Okay, allora dove suggerisci che troviamo i soldi? Abbiamo già superato il budget per via della bonifica dalla muffa e per l'amianto nel soffitto dell'ala nuova.»

Silenzio.

Per favore non dite tagliare il budget per i giardini.

Paige continua. «Okay. E se tagliassimo sulla cucina? Invece di...»

«Non è possibile. Abbiamo già comprato tutto.»

«Potremmo restituire alcune cose.»

«No, la cucina è importante.»

«Okay, ma abbiamo già un camino in soggiorno. Non abbiamo assolutamente *bisogno* di un altro camino in salotto.»

«Paige, avremo molti clienti durante tutto l'anno e ci serve molto spazio perché si trovino a loro agio. Pensa alle notti più fresche in autunno e inverno, agli ospiti riuniti con del sidro caldo o una cioccolata intorno al fuoco scoppiettante.» Sembra bello.

«Sei ottimista se pensi che avremo ospiti durante tutto l'anno.»

«Certo che sono ottimista. Pensi che mi sia buttata in questa impresa pensando che vada male?»

«No, pensavo solo che avremo una stagione impegnativa in primavera e in estate e una più lenta in autunno e inverno. È quello che hanno detto le mie ricerche sui B&B.»

«Non il nostro.»

Una pausa.

Accidenti. Sto origliando da troppo tempo per andarmene adesso.

Di nuovo Brooke. «Potremmo vendere l'anello di fidanzamento. Cioè, se sei d'accordo.»

Ahi. Sembra che Paige abbia un fidanzamento rotto alle spalle.

«Basta scudi anti-uomini» dice Paige a bassa voce.

«Avevi sempre detto che un giorno l'avresti venduto.»

Silenzio.

Paige parla con la voce tesa. «Probabilmente staccheranno il diamante dalla montatura per venderlo e poi non sembrerebbe più nemmeno lo stesso anello.» Fa una pausa. «Che m'importa? Non è che Noah e io riprenderemo da dove abbiamo lasciato, anche se è tornato a New York.»

«Questo è lo spirito giusto. Che si fotta Noah. Se n'è andato e non merita che tu ti aggrappi a una parte di lui. Davvero, chi scappa una settimana prima del matrimonio?

Oltre alla sofferenza emotiva hai avuto il costo del vestito da sposa, le caparre...»

«Non ricordarmelo.» E poi, parlando più dolcemente, aggiunge: «Puoi pensare tu a venderlo?».

«Nessun problema. E tutto quello che ne ricaveremo andrà diritto nella sistemazione del camino, d'accordo?»

«È un diamante di due carati e un'ottima purezza» dice Paige con la voce soffocata. «Potremmo perfino ricavarne qualcosa in più.»

C'è un momento di silenzio. Mi alzo e do una sbirciata. Si stanno abbracciando.

Brooke si toglie *il suo* anello di fidanzamento e lo mette in borsa. *Cosa!?* «È stato crudele da parte mia portarlo davanti a te.»

Paige si asciuga gli occhi. «No. È stata per una buona causa. Hai avuto poca fortuna con gli uomini per troppo tempo.»

Aspettate. Brooke stava portando il vecchio anello di fidanzamento di Paige solo per tenere lontani gli uomini. Era il suo scudo anti-uomini? Beh, con me ha funzionato.

Brooke è single.

La mangio con gli occhi, dai lucidi capelli castani alla maglia e ai jeans aderenti. *La voglio.*

Arretro e sbatto contro Gage. «Merda, scusami.»

«Nessun problema.»

Mi supera. Paige si precipita fuori dalla porta.

È sicuro parlare a Brooke del problema dei massi? Beh, dopotutto lei ha trovato una soluzione al problema del camino.

Svolto l'angolo proprio nel momento in cui lo sta facendo Brooke. Fa un balzo all'indietro con la mano sul petto. «Mi hai spaventato!»

«Scusa. Ho appena sbattuto anche contro Gage. È difficile non starsi tra i piedi. Hai un minuto per venire fuori? Abbiamo un problema con la posizione dell'area gioco dei cani.»

Volto la testa mentre lei borbotta: «È questa la mia vita adesso, un problema dopo l'altro».

Appena siamo all'esterno, la rassicuro. «Sono sicuro che questo si possa risolvere. Ho solo bisogno del tuo parere.» Mi guardo attorno. Merda. «Paige è già partita per andare in città?» Dal venerdì alla domenica Paige vende proprietà immobiliari.

«Sì, ma va bene. Posso occuparmene io e chiedere a lei se il problema è veramente importante.»

Spero vivamente che decida oggi in modo da poter proseguire con i lavori. Quando arriviamo sul posto le indico i massi. Sono veramente enormi, piatti e larghi e chissà fin dove arrivano. Accetto il parere di Dave. Lavora con me da nove anni e sa il suo mestiere.

«Abbiamo due alternative» dico. «Possiamo far venire macchinari pesanti per scavare fuori i massi oppure possiamo spostare di lato l'area per i cani, ma rischiamo di trovare altri massi. È probabile che i precedenti proprietari non si siano preoccupati di ripulire dalle rocce così vicino al bosco.»

Lei si guarda attorno e indica il cortile laterale. «Lì. Dovrebbe andar bene come area gioco dei cani.»

«E il tuo vicino?»

«Ci saranno comunque venti metri tra le proprietà. La sua casa è a dieci metri dal confine, quindi è l'alternativa migliore. Problema risolto.» Si strofina le mani come se si stesse liberando del problema. Non posso fare a meno di notare l'assenza del diamante scintillante al suo dito. Quanto era stata brutta la sua esperienza con gli uomini se aveva sentito il bisogno di fingere di essere fidanzata?

Improvvisamente voglio dimostrarle che non siamo tutti così male. «Come va la ristrutturazione?»

Lei si ficca una mano nei capelli e poi li liscia, buttandoseli sulla spalla. «Sta andando.»

«Mmm... È così difficile?»

Lei riesce a sorridere. «Ammetto di essere più stressata di quanto pensassi. Ci sono in ballo i miei soldi e la nuova attività.»

«Lo so, è personale. Ti farà solo lavorare più duramente. Sono sicuro che finirà per essere un successo.»

«Apprezzo il tuo voto di fiducia.»

«Lieto di aiutarti.» E non riesco a resistere. «Sono sicuro che anche il tuo fidanzato sarà un grande sostegno.» Guardo il dito sguarnito. «O forse no.»

Lei fa una risata assolutamente falsa. «Lo sto solo facendo pulire, ma sì. Grande sostegno. Ci vediamo.»

Mi mordo la lingua per non sorridere mentre si affretta ad allontanarsi. Mi chiedo per quanto ancora fingerà di essere fidanzata prima di ammettere la verità. Credo proprio che mi divertirò.

6

____

Max

Non vedevo l'ora che arrivasse questo giovedì, sapendo che Brooke sarebbe tornata all'Horseman Inn. Non l'ho ancora vista, ma so che esce sul retro della proprietà abbastanza spesso quando è frustrata. Ho discusso la storia del finto fidanzamento con la mia amica più cara, Sloane, dato che adesso anche lei fa parte del gruppo delle ragazze. Immaginavo potesse dirmi se il finto fidanzamento era il segnale che c'è qualcosa che seriamente non va con Brooke oppure se è una cosa comune tra le donne single. È la prima volta che mi capita, ma chissà? Ci potrebbero essere altre donne che fanno la stessa cosa e io semplicemente non lo sapevo. Comunque, secondo il gruppo di amiche di Sloane, il finto fidanzamento non è raro come pensavo. Sloane dice che è alla pari con il finto ragazzo come stratagemma per tenere lontano i maschi. Ci sono tanti uomini schifosi al mondo da costringere le donne ad arrivare fino a questo punto? Spero che mia sorella non abbia a che fare con un mucchio di stronzi, anche se, conoscendo Skylar, li sistemerebbe a modo suo prima di mandarli per la loro strada.

Mi prendo una pausa dal lavoro sul patio e guardo il cortile. L'area gioco per i cani è delimitata e ripulita, pronta per la copertura. È un tappeto erboso artificiale drenante. L'area sarà recintata. Dovremo aspettare l'udienza pubblica prima di procedere. Spero che il resto del mio progetto non incontri problemi.

Dave e io stiamo facendo grandi progressi per il patio. All'inizio procedeva lentamente, visto che ero solo io a lavorarci. Spero di ricevere la seconda rata di pagamento una volta finito qui.

Brooke appare nel cortile con la borsa del laptop sulla spalla. Io torno al lavoro, osservandola discretamente. Lei prende una delle sedie pieghevoli che ho portato e la mette sull'erba a una certa distanza. È una giornata tiepida. Indossa un piumino color ruggine e gli stivali. Niente guanti. Niente anello scintillante al dito. Ha raccolto i lunghi capelli castani in uno chignon disordinato e ha grandi occhiali da sole che le nascondono i begli occhi verdi.

«Il nuovo ufficio?» le chiedo.

Lei alza gli occhi e mi saluta con la mano. «Sì, non riuscivo più a sopportare nemmeno per un minuto di lavorare nella mia auto. Sentirmi rinchiusa non mi aiuta a rilassarmi.»

Mi avvicino, incuriosito. «Altri problemi con la ristrutturazione?»

Lei fa una smorfia. «Hanno consegnato le piastrelle sbagliate per il bagno e per quelle che volevo ci vogliono sei settimane. Nell'ala nuova l'isolamento è carta di giornale accartocciata, quindi dovremo sostituirlo con qualcosa di più consistente e il mio capo ritiene che dovrei fare la mia parte visto che mi pagano uno stipendio. È quello che sto cercando di fare adesso, altrimenti penserà che i due giorni di lavoro da remoto siano stati una pessima idea e mi obbligherà a tornare in ufficio.»

«Non riesco nemmeno a immaginare di fare due lavori a tempo pieno.»

Lei sospira. «Non posso permettermi di rinunciare allo stipendio prima che questo posto cominci a rendere ed è una rete di sicurezza, capisci? Nel caso peggiore, che non riesco nemmeno a pronunciare a voce alta, ho comunque un backup.» Alza una mano. «Non pensiamoci. Comunque si tratta solo di altri due mesi, incrociando le dita.» Guarda il suo laptop. «Accidenti, vai ancora più adagio!» gli urla.

«Mi sembra che te la stia cavando per un pelo.»

Lei pesta un tasto più volte, rabbiosamente. «A chi lo dici.»

La mia mente sconcia pensa immediatamente che un massaggio potrebbe aiutarla, o, meglio ancora, usare il sesso come antistress, ma non posso dirlo. È la mia migliore cliente, quella che firma gli assegni.

«Oh, perfetto» dice in tono esasperato. «Il programma si è bloccato. Riproviamo.» Muove le spalle. «Ho disperatamente bisogno di un massaggio. Ho le spalle e il collo contratti.»

Guarda un po', la pensiamo allo stesso modo.

«Mi sembra una cosa in cui potrebbe aiutarti il tuo fidanzato» dico fingendo indifferenza.

Lei apre la bocca e la richiude in fretta. «Gliene parlerò la prossima volta in cui lo vedrò.»

«Dev'essere dura restare lontani. Tu sei qui dal giovedì alla domenica. Niente fine settimana insieme.»

Lei mi rivolge un sorrisino a labbra strette. «Ce la caviamo.»

Le rivolgo il mio sorriso più affascinante, godendomi la sottile presa in giro riguardo al suo finto fidanzato. Ehi, se non posso provarci con chi mi paga, almeno posso divertirmi un po'. «Torno al lavoro. Il patio sta venendo veramente bene. Vieni a vederlo quando hai un momento.»

«Lo farò.» Dà un'occhiataccia al laptop e lo scuote. «Ho bisogno di un computer nuovo.»

Torno al lavoro. Non è il mio campo.

Lei mi grida: «Apprezzo il fatto che tu non crei problemi e che stia rispettando i tempi. Grazie!».

Mi volto. «Prego. È il mio obiettivo. Rendere le cose facili per i miei clienti.»

Lei sorride, questa volta un sorriso sincero che mi scalda il petto, prima di tornare al suo laptop. Mi ritrovo a fischiettare mentre torno al lavoro.

Proprio mentre stiamo raccogliendo gli attrezzi a fine giornata, Brooke si ferma con Paige per dare un'occhiata al patio. Anche Dave e Harry lavorano al patio, per accelerare il completamento del progetto. Stiamo restando indietro con i lavori di pulizia e falciatura dei clienti locali, ma devo dare la priorità al nostro cliente più importante. Dobbiamo solo finire un angolo del patio e poi riempire con la sabbia fine gli spazi tra le grandi piastrelle di gres che imitano la pietra. Poi ci sarà la piantumazione intorno al patio e l'illuminazione. Siamo alla fine di marzo e il sole non è ancora tramontato quindi possono dare una bella occhiata al nostro lavoro.

«Wow!» dice Paige. «Mi piace. Riesco a immaginare la gente raccolta intorno a un braciere, sedute su comode poltroncine. Magari qualche sedia a sdraio di lato.»

«S'more per gli ospiti» dice Brooke.

«Sì.» Paige fa uno dei suoi rari sorrisi. «Preferirei lavorare qui e non in mezzo al caos all'interno. Diavolo, non mi ero mai resa conto di quanto fossero rumorosi gli utensili elettrici dentro una casa.»

«Io continuerò a monitorare i lavori all'esterno» dice in fretta Brooke, guardandomi negli occhi con un sorriso. «È il mio antistress.»

Mi piacerebbe essere il tuo antistress, bellezza.

Paige guarda me e poi torna a rivolgersi a Brooke. «Max è il tuo antistress?»

Merda. Il mio desiderio per Brooke dev'essere stato un po' troppo ovvio. Aspettate, a Brooke piace stare con me quanto piace a me stare con lei?

«No!» esclama Brooke. «Non è quello che intendevo dire.»

Vado dalla parte opposta del patio, ripiego le sedie e le appoggio al frigorifero portatile. Meglio non farsi coinvolgere nella discussione tra sorelle su questo argomento. Sto solo facendo il mio lavoro.

«Intendevo dire che stare all'aperto è il mio antistress» continua Brooke.

Le sorelle cominciano un'accesa discussione. Mi piacerebbe andarmene ma devo assicurarmi che sappiano che la scadenza del prossimo pagamento è al completamento della prima parte del lavoro. Per l'agitazione, la voce di Paige si alza a un livello tale che riesco a sentirla. «Non vorrei che ti facessi coinvolgere da qualcuno che stiamo pagando.»

Coglie il mio sguardo e deve rendersi conto che ho sentito perché dice: «Scusami. Avremmo dovuto parlarne più tardi, in privato. Tu capisci il bisogno di mantenersi professionali sul lavoro».

Alzo le mani. «Nessun problema. Inoltre il fidanzato di Brooke non ne sarebbe molto contento.»

Paige volta di colpo la testa verso Brooke e tra di loro passa in un lampo una comunicazione silenziosa. «Giusto» dice Paige. «Nigel non ne sarebbe per niente contento.»

Brooke emette un suono soffocato.

«Nigel?» chiedo, andando da loro. «Sembra il nome di un vecchio domestico inglese.»

«È irlandese, se vuoi saperlo» ribatte Brooke. «E viaggia spesso avanti e indietro. Comunque torniamo al lavoro serio. Ho visto che sono arrivate le luci per il patio.»

Serio, non come la storia che ti stai inventando sul finto fidanzato.

Gliela lascio passare liscia. «Sì, le installeremo per ultime. Scaveremo le trincee per i cavi e i buchi per i supporti. Poi farò venire un elettricista per i collegamenti. Ha già chiesto i permessi e si occuperà lui delle ispezioni e di ottenere le approvazioni una volta installate.»

«Non avevo pensato ai permessi per l'esterno» dice Brooke sfregandosi la fronte. «Perché non ci ho pensato? Ci servono sempre i permessi per i lavori che faccio fare all'esterno.»

«Perché hai troppe cose in ballo» le dico. «Non preoccuparti per le cose qua fuori. Ci penso io.»

Paige si mette le mani sui fianchi. «Ho intenzione di ordinare i mobili per il patio. Poi avremo un bel posto per restare sedute all'aperto durante le pause.»

«Magari rimandalo» dice Brooke sottovoce.

Si scambiano un'altra rapida occhiata. Immagino che non sia nel budget. I soldi possono essere un problema. Meglio che ottenga il mio secondo acconto prima che svaniscano.

«Domani finiremo i lavori del portico» dico. «Poi dovremo solo aspettare l'elettricista. Con il lavoro preparatorio per l'area giochi per i cani e il patio finiremo il primo quarto dei lavori, come da contratto, ed è la scadenza del prossimo pagamento. Devo continuare a pagare la squadra e comprare il necessario.» *E salvare la mia casa.*

«Sì» dice Brooke. «Avrò l'assegno pronto domani, dopo un'ispezione finale dei lavori.»

Speravo di averlo oggi, ma almeno si è detta d'accordo che abbiamo finito il primo quarto dei lavori. Lascio andare il fiato che avevo trattenuto. «Fantastico. Lunedì comincerò a lavorare con Dave alla vasca per le carpe koi. Poi ci sarà l'orto e la piantumazione, davanti e dietro la casa. Sono ottimista, spero di finire prima del previsto.»

Brooke alza le braccia in segno di vittoria. «Max, potrei baciarti. Questa è musica per le orecchie stressate di un architetto.»

Mi avvicino, attratto. «Sarò lieto di fare qualunque cosa serva per diminuire il tuo livello di stress.»

Ci guardiamo negli occhi e tra di noi la tensione è palpabile. *Lei mi desidera.* Forse, quando avrò finito i lavori...

«Direi che basta così» dice Paige ad alta voce.

Brooke sobbalza e fa un passo indietro, come se fosse stordita. So più o meno come si sente. Succede qualcosa di veramente intenso quando siamo vicini in quel modo. Avevo dimenticato che c'era Paige.

«Ci vediamo da Wyatt» dice Paige a Brooke. Poi mi saluta. «Arrivederci, Max. Ottimo lavoro.»

«Vengo con te» dice Brooke, afferrando il braccio di Paige.

Le guardo allontanarsi insieme. Brooke mi guarda voltando la testa, con un accenno di desiderio negli occhi, prima che torni a guardare davanti.

Ora ho più fretta che mai di finire i lavori. Ottenere l'ultimo pagamento e fare la mia mossa con Brooke. Non è poco professionale desiderare il tuo cliente quando è un lavoro a breve termine, no?

Brooke

Venerdì, alla fine della giornata mi incontro con Max. Ho il suo assegno in tasca. Oggi pomeriggio ho dato un'occhiata al patio dalla camera al primo piano e da quella distanza sembra fantastico. Sono contenta di aver deciso di aggiungerlo. Max aveva ragione insistendo che gli ospiti hanno bisogno di parecchi posti dove sedersi quando sono fuori con i loro cani. Ci saranno dei posti a sedere anche accanto al laghetto. Probabilmente lo userò come il mio Giardino Zen mentre finiscono la ristrutturazione. Ne avrei decisamente bisogno. Grazie ai numerosi problemi incontrati abbiamo superato il budget e siamo in ritardo di tre giorni sul programma. Ogni giorno di ritardo potrebbe significare ulteriori ritardi se non riusciremo a far intervenire in tempo i vari subappaltatori. È una situazione difficile da giostrare. E, accidenti, voglio che funzioni.

Cammino intorno alla parte posteriore della casa per l'ispezione finale. Max e Dave stanno facendo pulizia con le loro magliette a manica lunga, blu scuro, della Bellamy Landscapes, togliendo sabbia e terra dalle piastrelle. Hanno piantumato appena sotto il terrazzo esistente e lungo i lati del patio. Felci di dimensioni medie che Max mi ha assicurato diventeranno enormi. Max è il faro luminoso nel caos di questa ristrutturazione. Sempre pronto con un sorriso e parole di incoraggiamento. E mantiene ciò che promette. Un uomo onesto.

Non che stia pensando a qualcosa che non sia strettamente professionale. Non posso permettermi la distrazione e poi c'è *Nigel*. Avrei potuto uccidere Paige per aver tirato fuori un nome così vecchio stile. Perché non poteva essere un Ethan o, ancora meglio, qualcosa di virile come Jake? Un finto fidanzato Jake sarebbe stato uno stallone muscoloso con una bella resistenza. Nigel... non molto.

Comunque Max sta con Audrey. Ammetto di aver provato una fitta di gelosia quando li ho visti così a loro agio a pranzo all'Horseman Inn qualche settimana fa. Ridicolo, lo so. Non ho diritti su di lui. Kayla mi ha detto che erano innamoratissimi quando erano alle superiori e ha aggiunto che Audrey sta cercando da tempo un uomo con cui fare sul serio. Mi piace Audrey, è una donna dolce e tranquilla. È la bibliotecaria locale.

Anche se... non mi sembra proprio il tipo che avrebbe scelto Max. Lo avrei immaginato con qualcuno più simile a lui... estroverso e con un buon senso dell'umorismo. Sto descrivendo me stessa quando non sono stressata al massimo? Sì, forse.

Proprio in quel momento Max mi vede e sorride. Io sento il calore che si diffonde dappertutto. Mi era sembrato che stesse flirtando un po' con me ieri. Reprimo un sospiro. Non è sempre così? Attiro i traditori. È possibile che riservi la sua integrità al lavoro e non alle donne.

Si avvicina e spinge gli occhiali da sole in cima alla testa. «Pronta a ispezionare la tua oasi all'aperto?»

Annuisco. «Ho dato una sbirciata dalla finestra di sopra, ma vediamola da vicino.»

Lui mi indica di precederlo.

Controllo i quattro angoli del patio quadrato, ispezionando la posa delle piastrelle e facendo qualche fotografia da mostrare a Paige. Sono veramente contenta del risultato. Seguo il nuovo marciapiede di pietra lungo il retro della casa. Finisce nel viale lastricato che porta alla casa.

Max appare sul sentiero. «Ci saranno dei gradini delle stesse piastrelle sul davanti della casa, una volta che gli operai avranno finito di andare avanti e indietro. Tutta la parte esterna avrà un'estetica uniforme e sembrerà fluire senza continuità.»

Mi avvicino. «*Estetica*, eh? Mi piace.»

«Oh, conosco tutte le parole che riguardano la bellezza.» Si china verso di me, parlando in tono di complicità. «La mia sorellina può parlarne fino a farti cadere le orecchie.»

«E tu devi essere un bravo fratello maggiore, visto che l'ascolti.»

«Non avevo scelta, nella nostra piccola casa quando crescevo.» Sorride e agli angoli dei suoi occhi azzurri si formano delle piccole rughe. È così tenero, un uomo che trova gioia nel vivere. «Le voglio bene, non credere. E lei mi adora. Chiediglielo pure.»

«È sempre un buon segno quando un uomo ha una sorella minore che l'adora.»

«Sì?» C'è quell'accenno di flirt nella sua voce.

Mi rammento che non devo avvicinarmi troppo. Lui sta frequentando Audrey e io lo sto pagando. Prendo l'assegno dalla tasca posteriore dei jeans. «Ecco.»

Lui non guarda l'importo, se lo mette semplicemente in tasca. «Grazie mille.»

Ci giriamo e torniamo sul patio.

«Sei fuori budget per i mobili del patio?» mi chiede. «Potrei portare un paio di sedie a sdraio da casa mia. Niente di elegante, ma fammelo sapere se tu e Paige volete qualcosa di comodo per quando volete fare una pausa dal rumore dentro casa o dove tu puoi lavorare da remoto.»

Mi volto, intenerita dal suo gesto. «Sarebbe una meraviglia. Abbiamo un budget per i mobili del patio, ma sto rimandando l'acquisto per un po'. Il fatto è che Paige è abituata ad arredare gli appartamenti in vendita in città in uno stile moderno e minimalista e non credo che vada d'accordo con l'*estetica* che vorremmo qui.» Max sorride quando uso la parola *estetica*, proprio come avevo sperato. «Voglio rivedere le sue scelte prima che ordini qualcosa e non ho tempo per farlo nei due giorni in cui siamo qui entrambe.»

«Mia sorella, quella che mi adora,» dice ammiccando, «è un'arredatrice d'interni. È andata al college e ha superato l'Esame di Stato. Potrebbe completare la vostra squadra. Lavora per una ditta di alto profilo a Greenwich, nel Connecticut, ma sono sicuro che le piacerebbe affrontare un progetto da sola. Potrebbe fare da cuscinetto tra te e Paige, alleggerire la tensione. In quel modo, potreste parlare con lei delle scelte invece di discutere tra di voi.»

Si capisce che è orgoglioso di sua sorella. Che dolce. Ha ragione sulla necessità di un cuscinetto che faccia calare la quantità di battibecchi. Ho lavorato con arredatori d'interni in passato e, anche se non sono a buon mercato, spesso la loro parcella viene compensata dagli sconti che si possono ottenere sui mobili e altri accessori, grazie ai loro contatti.

«Non può far male parlarle.»

Max prende il telefono. «Bene. Si chiama Skylar. È perennemente allegra. Sono sicura che vi piacerà.» Mi manda le sue coordinate sul telefono. «È giovane, oltretutto, quindi non sarà costosa come la maggior parte degli arredatori più esperti.»

«Giovane?»

«Ha quattro anni meno di me. Ha appena compiuto venticinque anni.»

Okay, quindi ha almeno tre anni di esperienza *e* ha una laurea e un'abilitazione. Sono d'accordo sul darle una chance.

Mi manda il nome del sito web della ditta dove lavora. Clicco e do un'occhiata alla loro homepage. Case eleganti, raffinate. Non proprio locande ex fattorie, ma molto più vicine al look moderno che piace a Paige.

Alzo gli occhi. «Grazie, Max. Assumerti è stata la decisione migliore che abbia preso finora.»

«Perché sono un tipo facile.»

Rido e continuo a camminare sul sentiero per tornare nel patio. Lui mi segue. «E tu fai un buon lavoro.»

«Lieto di sentirlo.»

Guardo le due sedie pieghevoli riposte accanto ai suoi attrezzi sul lato del patio. Dave è già andato via e la casa è tranquilla. Gage e la sua squadra stanno già tornando nel New Jersey. Mi piacerebbe restare semplicemente seduta sul mio nuovissimo patio a chiacchierare con Max. Forse bere un po' di vino e rilassarmi veramente. Peccato che qui non ci sia vino.

Comunque mi ritrovo a chiedergli: «Vuoi sederti per un momento? È bello qui fuori».

«Certo, perché no?»

«Perfetto.»

Max inarca le sopracciglia davanti al mio entusiasmo.

Le mie guance si arrossano. «Tu sei la persona più rilassante che abbia mai avuto intorno. In questo momento mi serve veramente.»

Ha un sorrisino sulle labbra. «Ti rilasso?»

Annuisco. «È la sensazione di tranquillità che emani. E non vieni continuamente da me per chiedermi qualcosa.»

«Penso sia una buona cosa. Normalmente tu sei un concentrato di stress.» Va ad aprire le sedie, posizionandole in modo che guardino verso gli alberi in lontananza. Ci sediamo. «Ai vostri ospiti piacerà restare seduti qui» dice.

Faccio un respiro profondo e allungo le gambe. Indosso un leggero maglione rosa con il collo a V, perfetto per questo tempo mite. «Mi piace il panorama. La casa di mia madre nel New Jersey ha qualche albero in giardino, ma niente che dia la sensazione di spazi aperti come questo.»

«Sono cresciuto qui, quindi a volte dimentico quanto siamo fortunati qui, circondati dalla natura. Tu sei del New Jersey, vero?»

«Princeton. I miei genitori erano entrambi professori all'università. Papà di Matematica. Lui, uhm, è morto quando avevo nove anni.» Mi manca la voce e fisso nel vuoto, con il solito dolore al petto che torna. Non diventa mai più facile parlare di papà. Con la sua morte, la mia vita era cambiata dall'oggi al domani. Sinceramente non so perché ne ho parlato. Di solito tengo per me questa roba personale.

«Mi dispiace.»

Mi schiarisco la voce. «Grazie. È stato inaspettato, un infarto.» Faccio un respiro profondo, cercando di alleviare il dolore al petto. «Mia madre insegna ancora lì. Grazie al loro lavoro, mio fratello, le mie sorelle e io abbiamo frequentato Princeton senza pagare la retta.» Lo guardo, con la gola stretta.

Max mi rivolge uno sguardo solidale. «È una fortuna poter frequentare Princeton senza dover pagare la retta. Devi essere veramente intelligente.»

Inclino la testa. «I miei genitori hanno sempre sottolineato l'importanza dell'educazione, come puoi ben immaginare, con due professori come genitori. Paige e io non avremmo potuto comprare questo posto se avessimo dovuto ripagare un debito studentesco.»

Max guarda in lontananza, verso gli alberi. «Mia sorella è l'unica nella nostra famiglia che ha frequentato il college, utilizzando i prestiti studenteschi. Mio fratello maggiore, Liam, è un agricoltore nel Vermont.» Fa una pausa, aggrottando le sopracciglia. Sembra stia riflettendo.

«Quindi tu non hai frequentato una scuola per la progettazione di giardini.»

«Sono autodidatta.»

«Immagino che sarebbe stata una domanda da fare prima di assumerti. Probabilmente è il tipo di lavoro che si impara facendolo. Quindi sembra che sia tu sia tuo fratello siate tipi che amano l'aria aperta, mentre tua sorella è più un tipo casalingo.»

«Skylar sta bene dappertutto. Siamo cresciuti in riva al lago e abbiamo passato la maggior parte della nostra infanzia correndo sulla spiaggia e nuotando.»

«Oh, dev'essere stato bello. Io adoro il lago.»

«Io vivo ancora nella casa in cui sono cresciuto, sulla riva del lago. Dopo la morte della mamma, l'abbiamo ereditata noi tre. Skylar voleva vivere in un appartamento vicino al suo posto di lavoro e Liam voleva restare nel Vermont. Ha dei terreni, lì. Quindi sono rimasto solo io.»

«Ricordo che mi avevi detto che vivi in uno dei cottage originali di Summerdale che tuo nonno aveva aiutato a costruire.»

Lui sorride. «Giusto. Hai fatto attenzione.»

Mi siedo più diritta, con la sensazione di essere di fronte a una gemma architetturale. «Posso fare un tour della tua casa?»

Lui esita. «Adesso?»

«Beh, sì. Cioè, solo se pensi che ad Audrey non darebbe fastidio che venissi.»

«Audrey?»

«Sì.»

«Perché ad Audrey dovrebbe dare fastidio che tu venga a casa mia?»

Mi irrigidisco. Devo veramente spiegargli come potrebbe sembrare alla sua ragazza. Forse non gli interessa. «Beh, se io fossi la tua ragazza, forse mi piacerebbe sapere se un'altra donna frequenta casa tua.»

«Audrey e io siamo storia antica.»

«Ma ti ho visto con lei all'Horseman Inn e mi sembravate molto intimi» sbotto. «Le stavi tenendo le mani.»

Lui alza un angolo della bocca. «Mi stavi spiando, eh, Brooke? Che cosa ne penserebbe Nigel?»

Faccio un gesto indifferente. «Penserebbe che sono curiosa. Allora, quando avete rotto?»

«Undici anni fa.»

«Oh. Allora resti in amicizia con le tue ex? Bello.»

«Non esattamente. Lei mi ha escluso per tantissimo tempo e poi di recente ha voluto, sai... Fare pace.»

Capisco al volo. «Ti rivoleva.»

Max fa una smorfia. «Abbiamo deciso che era meglio che restassimo amici. Era come una vecchia t-shirt, confortevole e familiare, ma non eccitante come quanto uscivamo insieme alle superiori.»

Io mi rilasso. «Oh, alle superiori. Sì, non vorrei stare con il ragazzo con cui uscivo alle superiori. Allora, posso vedere casa tua prima che cali il sole?»

Ed è single!

E non importa perché non sarebbe assolutamente professionale superare quella linea mentre è sul mio libro paga. Paige si è assicurata che lo capissi, anche se lo sapevo già. Poi ovviamente c'è Nigel. E, se ammetto di aver inventato Nigel, Max penserà che sia una sc_

Max penserà che sia una sciroccata. Forse penserà perfino che sia una paranoica che si inventa continuamente false relazioni. Invece questa è la prima volta. L'anello di fidanzamento di Paige è stato un modo molto comodo per prendermi una pausa dagli uomini. È Kayla che mi ha dato l'idea. Aveva portato lei per prima lo stesso anello per il suo finto fidanzamento con Adam (idea di Kayla e poi Adam aveva chiesto di continuare... Una storia complicata) e guardateli adesso: vivono insieme e sono veramente fidanzati.

La mia sorellina si sposerà prima di me e Paige. Non è così che dovrebbe andare. Ci si dovrebbe sposare in ordine di età: Paige (ed era quasi successo), poi io e poi Kayla. Non che porti rancore a Kayla per la sua felicità. La merita. La merito anch'io, ma la vita è ingiusta. Immagino che dovrei assumermi qualche responsabilità per il fatto di essere continuamente attratta dal tipo sbagliato di uomini.

«Ci vediamo lì» dice Max, prendendo entrambe le sedie pieghevoli e dandomi in fretta l'indirizzo a Lakeshore Drive.

«Ti aiuto» dico, tendendo le braccia per prendere le sedie. Sono leggere.

Lui me le consegna. «Grazie.»

Il mio cuore batte un po' più forte, con tutti i nervi all'erta. Ero così esausta prima, ma adesso mi sento piena di energia. Lo guardo mentre raccoglie gli attrezzi e un telone e lo seguo al suo pick-up.

Carica tutto sul pianale e prende le sedie, sfiorandomi la mano. Sento una piccola scarica di elettricità al suo tocco. Ci guardiamo per un momento intenso prima che lui si volti bruscamente, andando a prendere il resto della sua roba.

Vado alla mia auto con il passo un po' più elastico. Un cottage originale, una vista sul lago, un favoloso uomo single. Non potrebbe esserci niente di meglio per una pausa il venerdì sera. In questo momento non mi interessa mantenere i confini. Ho bisogno di svagarmi un po'.

7

Brooke

Parcheggio di fronte alla casa di Max e la studio. È un'umile, semplice casa in stile ranch, rivestita di legno con una grande mansarda e un seminterrato da cui si accede all'esterno. C'è un cartello IN VENDITA davanti alla casa. Non sapevo che si stesse trasferendo.

Giro intorno alla casa per andare a vedere il lago. Una scala porta a un terrazzo che dà sul lago, dietro la casa. Scommetto che Max passa qui un mucchio di tempo. Io lo farei.

Ritorno all'ingresso mentre lui svolta nel vialetto. Parcheggia e scende, venendo verso di me.

«Hai intenzione di trasferirti?» gli chiedo.

La sua espressione diventa cupa. «Sto solo informandomi. Non sto seriamente pensando a vendere.» Apre la porta.

Entro in un piccolo soggiorno con i pavimenti di legno e pareti giallo pallido. Un divano di pelle marrone scuro domina la stanza. «Se avessi i soldi, comprerei immediatamente questa casa, solo per il panorama.»

«Sì, è imbattibile. Vuoi bere qualcosa? Acqua, birra o latte.»

«Una birra, per favore.»

Lui sorride, con gli occhi azzurri che scintillano. «Sapevo che c'era un motivo perché mi piacevi. Due birre in arrivo.»

Lo seguo in una piccola cucina con una zona pranzo le cui finestre danno sul lago. La cucina sembra essere stata ammodernata negli anni Ottanta: armadietti di quercia scura, ripiani di Formica beige chiaro, pavimento di PVC.

Mi porge una bottiglia di birra Twisted House. Sembra interessante.

«Grazie.» Bevo un sorso. «Mmm, è buona.»

Lui sorride prima di bere. «Produzione locale. La servono alla spina anche all'Horseman Inn.» Si appoggia al ripiano. «Ricordo che hai parlato di lavorare part-time come architetto per progettare delle case, una volta finita la locanda. Hai ancora intenzione di restare a Summerdale?»

«Lo spero. Se, no, *quando* la locanda avrà successo...» dico incrociando le dita in aria, «cercherò un posto che mi posso permettere per vivere qui, lavorare part-time alla locanda e part-time come architetto, da libera professionista.»

«Quindi Paige sarà la locandiera a tempo pieno e tu che cosa sarai?»

«Io interverrò quando lei si prenderà un po' di tempo libero e quando ce ne sarà bisogno.»

«Bello. Summerdale ti piacerà.»

Sorrido. «Mi piace già. Wyatt cerca di farci trasferire qui da quando l'ha scoperta e, essendo Wyatt, continua a invitarci, a organizzare feste e a portarci agli eventi locali. Il suo obiettivo è far trasferire qui tutta la famiglia.»

«Sembra che ci sia riuscito.»

Alzo un dito. «La mamma è l'unica che resiste. Le piace il suo lavoro e i suoi amici sono tutti nel New Jersey. Ma ha detto che sarà la nostra prima ospite alla locanda.»

Max mi guarda negli occhi per un lungo momento. Il mio polso batte piacevolmente in fretta mentre sostengo il suo sguardo. Mi piace davvero.

Lui si raddrizza di colpo e beve un lungo sorso di birra.

«Ti dispiacerebbe se facessi un tour di tutta la casa?» gli

chiedo con quello che spero sia un sorriso vincente. Non a tutti piace avere qualcuno che fruga in giro per casa. «È l'architetto che c'è in me. Voglio vedere com'è costruita.»

Max appoggia la birra sul ripiano e io faccio lo stesso. «Andiamo.»

Mi indica di seguirlo verso una dispensa e apre la porta di legno. «La mamma ci misurava contro questo stipite.» Ci sono i segni con i nomi dei figli.

«Ooh.» La nostalgia che si accumula in una casa che è stata della stessa famiglia per tre generazioni dev'essere enorme. La linea di Max e Liam si ferma allo stesso identico punto; quella di Skylar è quindici centimetri più in basso.

Max chiude la porta della dispensa. «Se pensi che sia da *ooh*, pensa che le altezze di mamma e del suo fratello maggiore sono sullo stipite della porta verso la mansarda.»

«Doppio *ooh*.»

Lui sorride e mi porta, oltre un breve corridoio, in una stanza di servizio con la lavatrice e l'asciugatrice. C'è una porta che dà sul terrazzo. «Anticamera e lavanderia.»

Io avrei spostato la lavanderia nel seminterrato, in modo da lasciare più spazio per le panchine, ganci per appendere gli asciugamani bagnati e una rastrelliera per le scarpe. Lo tengo per me. Non mi sta assumendo per ammodernare la casa. Vado alla porta con i vetri nella parte alta e ammiro il lago scintillante circondato dagli alberi. C'è qualche anatra sull'acqua, ma tranne loro c'è silenzio. Mi volto a guardare Max. «Immagino che quando hanno costruito questa casa si aspettassero che un sacco di gente bagnata e infangata entrasse da questa parte venendo dal lago.»

«Già» mi risponde, tornando verso la cucina.

Si ferma e si volta. «Non è così che la pensavano nell'estetica hippy degli anni Sessanta. Hanno mantenuto le cose semplici, immaginando che avrebbero passato la maggior parte del tempo all'aperto.»

Continuiamo il tour. Do una sbirciata al piccolo bagno, con un lavandino a colonna, una vasca da bagno bianca con un'allegra tenda da doccia coi pesci tropicali e un pavimento a mosaico nelle tonalità del turchese, prima che Max indichi vagamente oltre. «Camera.»

Sbricio anche nella sua camera. Tappezzeria floreale, pavimento in legno. Qualche scatola. Scommetto che era la stanza di sua madre. Non lo dico perché so che è morta. Deve aver tolto la sua roba.

Indica la stanza dall'altra parte del breve corridoio. «La stanza di Skylar.» Do un'occhiata alla stanza carina con un letto singolo a baldacchino e tende trasparenti. C'è un murale di una terra fatata che prende l'intera parete. L'ha lasciata intatta per lei, nel caso venga a trovarlo. O forse si sentiva in imbarazzo usando una camera con le fate sulla parete.

«Bel murale» dico.

«L'ha fatto Skylar quando aveva dieci anni.»

Do un'altra occhiata, sorpresa. «È veramente bello.»

«Skylar è un'artista da tutta la vita. Adesso usa la sua arte per abbellire le case degli altri.»

«Dipinge ancora i murale?»

«Glielo potresti chiedere. Questo è l'unico che conosco. Ora vive in affitto, quindi dubito che dipinga le pareti del suo appartamento. L'ultima volta che ci sono stato aveva più che altro grandi fotografie in bianco e nero che aveva scattato nel suo viaggio in Kenya.»

Sorrido. «Sembra una persona così interessante. Non vedo l'ora di conoscerla.»

«Sono sicuro che direbbe la stessa cosa» dice voltando la testa, diretto verso un'altra porta alla fine del corto corridoio. La apre, mostrando la scala per la mansarda.

«Ecco i segni della statura» dico, meravigliandomi. Una mossa così da genitori. Potreste pensare che, essendo mio padre un professore di Matematica, ci avesse misurato in continuazione, ma lui era più il tipo di scienziato brillante e distratto.

Max sale la scala e io lo seguo.

«Liam e io dividevamo una stanza quassù. Ora ci sono solo io.»

C'è un letto da una piazza e mezza sotto la finestra, due

comodini e una cassettiera con uno specchio sopra. Il letto ha una trapunta scozzese rossa e blu. Tutto carino e in ordine.

Max mantiene le distanze, restando dall'altra parte della stanza rispetto a me. La sua camera gli sta dando delle idee? So che non dovrei pensare in questo modo, ma è difficile non farlo. È passato tanto tempo e Max è il primo uomo con cui mi sento a mio agio da un po'. Per non dire poi che è favoloso, sexy e lavora sodo. La sua famiglia è ovviamente importante per lui. Qualità eccellenti in un uomo.

«Sono impressionata dal fatto che abbia rifatto il letto» dico. «Non sapevi nemmeno che avresti ricevuto visite.»

«Abitudine. La mamma era inflessibile quando si trattava di tenere in ordine. Adesso la capisco, con cinque persone stipate in una casa piccola. Non poteva permettere che diventasse una discarica. Inoltre papà si irritava se arrivava a casa dal lavoro e c'era il caos. Bei tempi.»

«Ah.» Non c'è traccia di affetto quando parla di suo padre.

Torno da dove siamo venuti e Max non mi segue. Aspetto qualche minuto, curiosa di capire che cosa sta facendo. Finalmente appare con un asciugamano bianco in mano.

«Ti dispiace se faccio una doccia veloce? La faccio sempre quando torno a casa dopo aver lavorato all'aperto tutto il giorno.»

«Fai pure.»

«Tu vai a rilassarti in terrazzo con la tua birra; ci vedremo lì.»

Lo saluto agitando la mano, vado in cucina e prendo la mia birra dirigendomi in terrazzo. Ci sono due sedie intrecciate beige e un tavolino di plastica. Perfetto. Mi siedo e sospiro. Questa è vita. Riesco quasi a dimenticare la lista gigantesca delle cose da fare per la locanda e il mio lavoro a tempo pieno. Il mio capo, Bill, mi sta veramente addosso, costringendomi a contattarlo più spesso durante i giorni in cui lavoro da remoto. Capisco la sua sensazione che io stia battendo la fiacca. Non è così, ma a volte ho dovuto spostare il suo lavoro al fine settimana per riuscire a rimanere in pari.

Scuoto la testa. *Non devi pensare al lavoro.* Bevo un lungo sorso di birra, guardando il lago. Prima di accorgermene, la birra è finita. Probabilmente dovrei mangiare qualcosa. Oh, guardate. C'è una coppia di cigni che nuota al largo. I cigni si accoppiano per tutta la vita. Voglio fare una fotografia. Accidenti, ho lasciato la borsa sulla sedia in cucina.

Torno dentro e vado in cucina, lasciando la bottiglia vuota sul tavolo, da riciclare. Prendo la borsa e torno da dove sono venuta. Quando arrivo nell'anticamera i tubi rimbombano, probabilmente perché Max ha chiuso l'acqua della doccia. Scommetto che potrei andare di nascosto in soggiorno e dare un'occhiata a Max vestito solo con l'asciugamano, diretto nella mansarda per mettersi dei vestiti puliti. Arrapata? Direi di sì.

Esco, sconcertata dai miei imprevedibili pensieri. Una birra e sono già pronta a lanciarmi. Prendo il telefono per fare la fotografia ai cigni. Riesco ancora a vederli, ma sono più lontani. Accidenti. Uso lo zoom e scatto. Magari torneranno.

Max appare qualche minuto dopo, con una t-shirt nera e i jeans e i capelli ancora bagnati dopo la doccia e pettinati all'indietro. Bagnati, i capelli sembrano di un tono più scuro e mettono in evidenza i suoi occhi azzurri.

«Sei così fortunato a vivere qui» dico con la voce sospirosa. Lui è bello *da togliere il fiato.*

Prende la sedia accanto alla mia e appoggia la sua birra sul tavolo. «Sì, anche da bambino mi sentivo fortunato ad avere il lago come campo giochi.»

Mi indica dove gli piaceva pescare, all'ombra di un salice piangente, e dove Liam aveva inciso le sue iniziali su un albero. Altre anatre nuotano intorno, occupate ad affondare il becco sott'acqua per procurarsi da mangiare.

«I cigni sono tornati» sussurro, alzando il telefono per fare un'altra fotografia. Ne scatto altre mentre nuotano e poi si fermano, guardandosi, con i colli che formano un cuore. Continuo a scattare. Devo far vedere queste fotografie a Kayla. Le piacerà l'aspetto romantico.

Mi volto verso Max. «Hanno formato un cuore. Sapevi che i cigni si accoppiano per la vita?»

«Sì.» La sua voce risuona roca, gli occhi inteneriti.

Sento un brivido di eccitazione lungo la schiena. «Potrei restare qui fuori tutta la notte. Scommetto che le stelle sono brillanti lontano dalle luci stradali.»

Max ha un lieve sorriso sulle labbra. *Sono stata troppo ovvia alludendo che vorrei restare?* Max indica il lago con un cenno della testa. «Si vedono meglio dalla spiaggia o fuori sul lago, in barca.»

«Potremmo farlo? Uscire in barca?»

Max si china verso di me, fissandomi negli occhi. «Devi prima controllare se a Nigel sta bene. Potrebbe prendersela a male se verrà a sapere che sei uscita in barca con un altro uomo, nel buio della notte. Potrebbe essere considerato... Non so, romantico.»

Sono indecisa. *Ammettere che Nigel non esiste e rischiare di passare per una stramba? D'altro canto, se non lo ammetto potrebbe pensare che stia provandoci con lui pur essendo fidanzata. E tecnicamente è ancora sul mio libro paga.*

«Che ora è in Irlanda?» mi chiede.

Aggrotto le sopracciglia confusa. «Irlanda?»

«Non è da lì che viene Nigel? Hai detto che fa di frequente avanti e indietro.» Max allunga le gambe e le incrocia alle caviglie. «Presumo che sia per questo che non sei con lui questa sera.»

Mi schiarisco la voce. «Sono sicura che Nigel capirebbe se due amici ammirassero le stelle. Inoltre ho bisogno di pace e silenzio.»

Ecco, manteniamo le cose professionali. Maledizione.

Max mi rivolge un'occhiata maliziosa, alzando un angolo della bocca. «Perché io ho un effetto rilassante su di te» mormora.

Il mio polso accelera. Non è il momento, ma c'è... Qualcosa? Sembra quasi che stia flirtando. Non tanto con le parole ma con il calore nel suo sguardo e il tono della voce. «Hai un atteggiamento veramente rilassato» dico alla fine.

Lui alza la bottiglia, confermando. «Io sono così.» Beve un lungo sorso e appoggia la bottiglia sul tavolo. «Tu sembri perpetuamente nervosa.»

Mi irrigidisco. Sta praticamente dicendo che sono rigida. «È perché mi hai sempre solo visto mentre cerco di portare a termine il lavoro più importante della mia vita. Non è come sono di solito.» Scuoto la testa. «Non c'è niente di normale in questa situazione.»

«Non stavo cercando di insultarti. Chiunque sarebbe teso, con due lavori a tempo pieno, uno dei quali è pieno di problemi e ognuno dei quali incide sulla tua situazione finanziaria.»

«Esattamente!» Sono lieta che capisca. «Allora, possiamo uscire con la tua barca a vela?»

«È solo una barca a remi, ma sì, possiamo andare.» Si alza e mi offre la mano.

La prendo mentre mi aiuta ad alzarmi e sento una scarica che mi percorre il braccio. È raro che abbia una reazione così intensa solo tenendo per mano qualcuno. Max non me la lascia andare e mi fissa con gli occhi brucianti. Mi manca il fiato.

«Ho bisogno si scaricare un po' di tensione» sussurro.

«Scommetto di sì» mormora Max, accarezzando con un dito l'interno del mio polso.

Fisso quel punto, ipnotizzata dal suo lungo dito sulla pelle delicata. Il mio polso sembra fare un balzo ogni volta che il dito passa sopra quel punto.

Max solleva la mia mano a livello del petto e la volta per fissare le dita. «Niente anello. Le cose non vanno bene con Nigel?»

Nascondo la mano senza anello dietro la schiena, cercando di non dimenarmi. Non sopporto più di mentirgli, ma non posso ammettere la verità e rischiare di sembrare una sciocca inaffidabile. Giuro che avevo una ragione legittima per evitare gli uomini! Parecchie esperienze terribili che mi hanno lasciata senza alcuna speranza di trovare un uomo decente con cui avere un rapporto serio. Non posso far scappare spaventato il primo uomo che conosco da molto tempo che mi piace davvero e con cui mi sento a mio agio, rivelandogli perché sono arrivata fino al punto di fingere un fidanzamento. Non ricordo nemmeno di aver parlato dell'Irlanda. Magari possiamo dimenticare che Nigel sia mai esistito? Nigel chi?

Guardo il cielo. «Mi piacerebbe veramente guardare quelle stelle dall'acqua.»

«Hai dubbi riguardo a Nigel? Non è definitivo finché non hai detto "lo voglio" e anche allora c'è sempre una via d'uscita.»

Dovrei fingere una rottura con il mio finto fidanzato? No, non sono granché come attrice. A mio fratello Wyatt piace giocare a poker con me perché riesce sempre a capire se ho una buona mano o solo scartine. Ogni emozione è evidente sul mio viso. Mi sorprende di non avere ancora rivelato la faccenda del finto fidanzato. Immagino che l'anello parlasse per me.

«Hai bisogno di aiuto per portare fuori la barca?» gli chiedo allegramente.

I suoi occhi azzurri scintillano di buonumore. «Ci penso io. Mi sembra che ti serva una pausa per dimenticare i problemi con Nigel e il lavoro.»

«Sì! Perfetto.»

Mi indica la cucina. «Tu prendi la birra e io tirerò fuori la barca dal seminterrato. Ci vediamo fuori.»

Sulla barca, mi appoggio sui gomiti all'indietro, fissando le stelle luccicanti che punteggiano il cielo scuro senza nuvole e il bagliore della luna che filtra tra gli alberi. Adesso sono così rilassata. Fa un po' più fresco qui fuori, di notte, ma Max mi ha dato una felpa pesante da indossare, abbastanza grande che mi ci sono potuta sedere sopra, usandola come cuscino. Max è *meraviglioso*. Ha remato lui con le sue spalle poderose, mi ha dato una birra e ha perfino portato un sacchetto di patatine. Sono già sparite da un po'. Ci voleva proprio una cena a base di patatine e birra.

Sento la voce di Max nella notte scura. «Finirai per rovesciare la barca se continui a chinarti di lato in quel modo.»

Mi raddrizzo. «Oops. Volevo solo sdraiarmi e guardare il cielo. Immagino che potrei sedermi in mezzo e chinarmi all'indietro sulla panca.»

«Il fondo è un po' bagnato. Vieni qua, puoi appoggiarti alla mia spalla.»

«Come un'amichevole sedia.» *O forse questo è Max che fa una mossa con una donna quasi non fidanzata? Pensa che ci siano problemi tra Nigel e me. Nessuno potrebbe biasimarmi se mi godessi un bacio alla luce delle stelle. Non lo saprebbe nessuno, nemmeno Nigel.*

C'è un accenno di divertimento nella sua voce. «Certo, io sono amichevole. Finora ho buttato in acqua solo due donne.»

Mi fa ridere. «Spero che fosse tua sorella o una cugina o qualcuno di simile. Con loro si può scherzare, ma non mi muovo se hai buttato in acqua qualche povera donna che non se lo aspettava.»

La sua voce assume un tono cupo e sinistro. «Vieni qui, carina. Non essere timida. Sta andando tutto secondi i miei malvagi piani.»

Stringo gli occhi, ma non so quanto riesca a vedere la mia espressione alla luce della luna. Io riesco solo a vedere i suoi occhi che scintillano e l'occasionale luccichio dei suoi denti bianchi. «Ti sto rivolgendo il mio migliore sguardo a occhi socchiusi che dice *non scherzare con me*.»

«Brr... Roba da paura. Ora non alzarti. Muoviti lentamente e con attenzione verso la mia panca.» Lui si sposta di lato, mettendosi a cavalcioni sulla panca. Adesso capisco come funzionerà. Io mi siederò davanti a lui e saremo ancora in equilibrio.

«Immagino sia per questo che hai suggerito i giubbotti di salvataggio» dico, spostandomi accucciata dalla mia panca e chinandomi nella sua direzione. «So nuotare ma preferirei non inzupparmi.»

Max mi afferra il polso all'improvviso e io ansimo sorpresa. Mi tira verso di lui, sistemandomi sulla panca.

«Okay, chinati all'indietro» dice.

Do un'occhiata alle mie spalle. Si è spostato per farmi spazio. Mi chino lentamente contro il suo petto coperto da una felpa pesante e gli appoggio la testa sulla spalla. Come fa a essere così caldo in questa notte fresca di primavera? O forse sono io quella calda. Così mi piace molto di più. E non sono le due birre a parlare.

Fisso il cielo, ancora una volta affascinata dallo scintillio di tante stelle brillanti. «È bello.»

Sento la sua voce che gli romba in petto. «È vero. Non voglio perderlo.»

Mi sposto per guardarlo. «Allora perché hai messo in vendita la casa?»

Lui mi mette dietro l'orecchio una ciocca di capelli. «Non chiederlo» mormora.

Sono ammaliata, avvolta in un bozzolo caldo, solo noi due sull'acqua. Posso osare avvicinarmi?

Max distoglie lo sguardo. «Ci sono quei cigni nel punto dove pescavo da ragazzo.»

Guardo, delusa. Ma poi Max mi avvolge le braccia attorno ed è così bello che sospiro. In lontananza intravedo i cigni, le piume bianche che scintillano alla luce tenue. Vorrei che questo momento durasse per sempre: l'abbraccio caldo di Max, il cielo scintillante di stelle, l'acqua che sciaborda dolcemente contro la barca.

Appoggio la fronte sul suo avambraccio e poi faccio scivolare la mano fino alla sua, appoggiandola sopra. Non riesco nemmeno a ricordare l'ultima volta in cui un uomo mi ha abbracciata. Forse un anno fa mi sono svegliata con un ex che mi abbracciava nel letto, ma poi ho scoperto che voleva solo il secondo round. Non l'avevo più visto. Mi aveva fatto male. Pensavo che il fatto che Sam aveva passato la notte da me significasse qualcosa. Invece era solo il suo modo di operare: due botte e via. Spingo il ricordo in fondo alla mente. Adesso mi sto godendo troppo il momento per rimuginare sulla mia terribile storia con gli uomini.

Max appoggia l'altra mano sulla mia testa prima di scendere ad accarezzarmi i capelli. «I tuoi capelli sono così morbidi.»

«Sono sottilissimi. Non riesco mai ad arricciarli. Paige e Kayla hanno i capelli naturalmente ondulati. Quei geni mi hanno mancata.»

«A me piacciono come sono» dice lui con la voce dolce.

Mi sposto a quell'accenno di invito e passo le dita sulla sua guancia barbuta. «La tua barba è più morbida di quanto pensassi.»

Lui mi guarda negli occhi.

D'impulso, premo le labbra sulle sue, ricompensata da una marea di sensazioni. Mi tiro indietro e ci fissiamo negli occhi.

Questa volta è lui che mi bacia, mettendomi la mano sulla guancia e angolando la bocca in un bacio che mi fa palpitare il cuore e bagnarmi tra le gambe. Sono sbalordita dalla mia reazione. Ho sempre pensato di scaldarmi lentamente.

Max interrompe il bacio, guardandomi con un'espressione seria sul volto. «Nonostante quanto mi è piaciuto, non ho intenzione di giocare con una donna fidanzata.»

«Stiamo per lasciarci» dico in fretta. «È finita con Nile...»

«Nile? Pensavo fosse Nigel.»

Mi blocco. *Merda.* «È Nigel. Scusa. Troppa birra? Baciami ancora.»

Lui sorride e mi dà un buffetto sotto il mento. «So che ti sei inventata Nigel.»

«Cosa? Come fai a saperlo?» Mi sposto in modo da sedermi di traverso sulla panca per guardarlo. Poi mi rendo conto che l'ho appena ammesso. «Cioè, di che cosa stai parlando?»

Lui ridacchia, sul volto un sorriso a trentadue denti che si potrebbe solo definire il massimo di autocompiacimento maschile. «Ho sentito per caso te e Paige che parlavate dell'anello. Il tuo scudo anti-uomini.»

Affondo la mano sul lato della barca, raccolgo un po' di acqua del lago e lo schizzo in modo che smetta di gongolare. Lui mi schizza a sua volta e io strillo. L'acqua è fredda e mi ha completamente bagnato la testa! Raccolgo tutta l'acqua che posso il più in fretta possibile, vendicandomi. Lui reagisce, senza tirarsi indietro. Perfino la felpa pesante che mi ha fatto indossare è fradicia in qualche minuto.

«Tregua!» urlo.

Lui smette immediatamente, mi appoggia la mano sulla nuca e mi tira vicino. Sorride. «Sei carina bagnata fradicia.»

Ha intenzione di buttarmi in acqua?

«Anche tu» dico mettendogli le mani intorno al collo. Se devo finire in acqua, lui verrà con me.

«Posso baciare una donna single.» E poi lo fa. Un lungo bacio profondo che mi toglie il fiato. Il cervello si spegne, il corpo si accende facendomi dimenticare tutto tranne questo: il suo calore, il suo sapore, il desiderio urgente che mi consuma.

Restiamo lì a baciarci sotto le stelle per molto, molto tempo.

Max

Sono riuscito a tornare in casa, sono perfino riuscito a far mettere a entrambi abiti asciutti e gettare gli indumenti bagnati nell'asciugatrice, ma quello che non sono riuscito a fare è smettere di baciare Brooke.

Mi è seduta in grembo, a cavalcioni, con la mia t-shirt e pantaloncini da jogging, entrambi così larghi che riesco facilmente ad arrivare alla sua pelle morbida. Lei si strofina contro di me dando a entrambi ciò di cui abbiamo bisogno e il mio desiderio intenso aumenta a dismisura. Devo lottare contro l'urgenza di tirarla sotto di me.

Interrompo il bacio e la guardo. Sta respirando in fretta, ha le pupille dilatate, le guance rosate. È così maledettamente sexy.

«Che c'è?» mi chiede con la voce roca.

Apro la bocca per dirle che non voglio approfittarmi di lei, ma, accidenti, è quello che voglio fare. Le afferro i capelli e la bacio di nuovo, annegando nelle sensazioni. Le sue curve morbide, i capelli di seta, il calore della sua bocca. Odora di fiori. Com'è possibile che profumi ancora di fiori dopo averla inzuppata con l'acqua del lago?

Dovrei fermarmi. Faccio scivolare le mani su per la sua schiena. Niente reggiseno. *Aspetta, rallenta.*

Alzo la testa. Lei afferra l'orlo della mia maglietta, rialzandola.

«Dovremmo aspettare» dico con la voce roca.

Lei mi fissa spalancando gli occhi. «Davvero?»

Cerco di aggrapparmi all'ultima briciola di forza di volontà. «Non è una buona idea impegolarmi con una cliente.»

Lei si toglie i capelli dalla faccia; sembra ancora un po' stordita. «Giusto.» Si alza e si siede accanto a me sul divano. «Ci siamo lasciati trasportare.»

«Non che non mi piacesse... Tutto.»

Lei fissa nel vuoto per un lungo momento. «Vado.» Si alza, guardando verso il retro della casa. «Prendo i vestiti dall'asciugatrice.»

Le afferro il polso prima che possa andarsene. «Solo perché non si incasini tutto tra di noi, col fatto che sei una cliente.»

Lui continua a fissare nel vuoto. «Lo capisco perfettamente. Non succederà più.» Si stacca e si precipita in lavanderia.

Espiro bruscamente. Sembra sconvolta. Ehi, io sto cercando di fare la cosa giusta.

Torna indossando il maglioncino rosa con cui era arrivata, ancora umido e appiccicato al seno. Mi prudono le mani dalla voglia di passarle dappertutto sulla sua figura a clessidra. Incrocio le braccia nel tentativo di tenerle sotto controllo.

Cerca la borsa e se la mette sulla spalla. Poi finalmente mi guarda negli occhi e accenna a un sorriso. «Grazie. È stata una bella serata. Ho lasciato da lavare la maglietta che avevo preso in prestito. Ci vedremo giovedì, quando tornerò a lavorare alla locanda. E, non preoccuparti, sarò assolutamente professionale.»

Giovedì prossimo di colpo sembra così lontano. È venerdì notte. So che lei resta qui dal giovedì alla domenica. «Di solito non lavori alla locanda durante il fine settimana?»

La sua voce assume un tono brusco e professionale. «Se riesco a far venire un'impresa. A volte Gage manda uno o due operai della sua squadra, se ne ho bisogno, oppure c'è un elettricista, un parchettista, o altri. La maggior parte delle volte rivedo quello che è stato fatto e quello che resta da fare. Poi mi dedico alla contabilità.»

Mi manca il suo calore. «Potrei lavorare sabato per finire prima.» Ho sempre avuto intenzione di finire in anticipo per accelerare i pagamenti, per il bene di Liam e della mia casa, ma adesso lo desidero ancora di più in modo che Brooke e io possiamo riprendere da dove abbiamo smesso. La desidero più di qualsiasi altra donna da molto, molto tempo. Non posso dirglielo mentre resta la mia migliore cliente.

Lei fa spallucce e la borsa cade per terra. La riprende. «Come vuoi. Ci vediamo.»

«Forse ci vedremo alla locanda domani.»

Lei agita una mano con indifferenza. «Sì, oppure giovedì prossimo» dice con la voce acuta.

Mi alzo e l'accompagno alla porta.

Lei si ferma lì e sospira, guardandomi. «Possiamo fingere che non sia mai successo niente?»

«Certo.»

Le apro la porta, e a quel movimento i nostri corpi si avvicinano. Ci fissiamo per un attimo e poi siamo di nuovo appiccicati. Non so chi si sia mosso per primo. La desidero così ferocemente che la spingo contro la parete, baciandola come un uomo che muore di fame, il corpo premuto contro il suo, un bisogno incessante.

Lei interrompe il bacio, respirando forte. «Le scuse.»

«Dimenticate.»

La bacio ancora, famelico. Le sue mani sono dappertutto. Io gliele passo lungo i lati del corpo sentendo la pelle calda sotto il maglione umido. Mi sposto per baciarle il collo, sfiorandolo con i denti.

«Max» ansima. «Dobbiamo rimandare.» Mi spinge per allontanarmi.

Mi tiro indietro, senza fiato e quasi folle di desiderio. Non riesco a ricordare di essere mai arrivato a questo punto solo con un bacio. Mi passo le mani tra i capelli, cercando di calmarmi. *Giusto. Professionale. Capito. Essere responsabili fa schifo. Aspettate, sono io quello irresponsabile. Non è quello che dicono sempre di me? Che la mela non cade lontano dall'albero?*

Brooke mi accarezza la barba. «Arrivederci, Max» dice piano.

«Arrivederci.» Guardo le guance arrossate, le labbra rosa e ci vuole tutto il mio autocontrollo per non afferrarla di nuovo.

Chiudo la porta alle sue spalle e la guardo salire in auto attraverso il vetro, poi continuo a guardare finché la sua auto non sparisce in lontananza.

Torno sul divano e mi lascio cadere. *Cazzo.* Ho incasinato tutto. Se qualcosa andrà storto tra di noi rovinerò un progetto di cui ho un estremo bisogno, non solo per la mia impresa, ma per mio fratello e per poter salvare la mia casa. A che diavolo stavo pensando?

Ciò che mi fa più paura è che se lei entrasse da quella porta in questo momento non riuscirei a resistere alla tentazione. L'unica soluzione è mantenere il più possibile le distanze. Fingeremo che non sia mai successo niente, come ha detto lei.

Se solo riuscissi a togliermi dalla mente il ricordo della sua bocca sulla mia, la sensazione di averla tra le braccia, il suo profumo di fiori... Semplicemente tutto ciò che riguarda Brooke. I suoi sorrisi radiosi, la risata contagiosa, i suoi modi diretti. Tante donne hanno un secondo fine. Brooke è esattamente come appare. E mi piace.

Mi manca già.

8

—————

Brooke

Oggi ho portato con me alla locanda il mio golden retriever, Scout, come cuscinetto tra me e Max. In effetti devo solo fare un controllo veloce per vedere a che punto siamo e incontrare la potenziale arredatrice d'interni, la sorella di Max, Skylar. Sono passati sei giorni da quando ho visto Max l'ultima volta e ho pensato troppo al nostro breve viaggio nella follia erotica. Ho superato una linea che non avrei dovuto superare e non succederà più. È come se non fosse mai successo. Proprio come il mio fidanzamento. Svanito. *Povero Nigel. L'ha presa veramente male. Ah-ah.*

Grazie al cielo la ristrutturazione sta procedendo senza intoppi. Hanno rifatto l'intonaco delle pareti del soggiorno e riparato i punti danneggiati del parquet. La cucina è completa e quindi possiamo procedere con l'impianto dell'aria condizionata, la riparazione del camino, i nuovi bagni, l'ammodernamento delle camere e l'aggiunta di porte comunicanti in due set di stanze. L'ultimo cui penseremo sarà l'appartamento di Paige, che per ora è semplicemente una grande stanza vuota. La precedente proprietaria la usava come spazio per il quilting.

Tengo Scout al guinzaglio e vado da Paige nella nostra

cucina appena ristrutturata. Scout sta annusando in giro, felice. Gli elettrodomestici in acciaio inox hanno ancora la plastica protettiva. Paige mi dà le spalle mentre riempie la sua bottiglia d'acqua al rubinetto.

«Che bello riavere l'acqua corrente» dico.

«Non mi rendevo conto di quante cose si danno per scontate» dice voltando la testa. Finisce di riempire la bottiglia e si appoggia al ripiano, bevendo un sorso.

«Oggi sono qui solo per poco» dico.

Lei inarca le sopracciglia, incuriosita. È la prima volta in cui non passo qui l'intera giornata.

Il suono del campanello mi risparmia di dover rispondere. Scout abbaia, tirando il guinzaglio, desideroso di correre verso la porta. Gli ordino di stare in silenzio. Lui piagnucola, ma il suono è molto più accettabile del suo abbaiare. Continua a guardare fisso la porta.

«Dev'essere Skylar» dico a Paige che sta andando ad aprire. «La squadra entrerebbe senza suonare.»

«Oppure è Wyatt.»

Nostro fratello ci sta tormentando perché gli permettiamo di venire a ispezionare i lavori. Abbiamo cercato di farlo aspettare finché avremo finito. Le sue intenzioni sono buone, ma se gli daremo un dito si prenderà tutto il braccio e il progetto diventerà suo. Non può farne a meno. È una sua caratteristica quella di vedere un problema e darsi da fare per risolverlo. Probabilmente è peggiore con noi rispetto ai suoi soci in affari perché aveva assunto la posizione di uomo di casa quando ero morto nostro padre e crede fermamente che le sue tre sorelle minori siano responsabilità sua. E non conta che oramai siamo adulte. Gli voglio un bene dell'anima, ma...

Questo è il classico scenario alla Wyatt: ho saputo di recente che il gingillo digitale che ha regalato a me e alle mie sorelle, da mettere nel portachiavi per trovarle con un'app quando le perdiamo, è anche il sistema con cui teneva traccia dei nostri movimenti. Spiare le sue sorelle! Non mi era mai capitato di guardare l'app perché non avevo mai perso le chiavi. A quanto pare Paige aveva tenuto il trova oggetti nel comodino dal primo giorno, dopo aver guardato l'app. Non me ne aveva mai parlato. Perfino Kayla se n'era accorta prima di me senza mai dirmi niente. Aveva messo il trova oggetti sul collare del cane del suo fidanzato nel caso fosse stato rapito (storia vecchia). Comunque era stato il modo in cui Wyatt aveva trovato il cane, usando l'app che rintracciava tutti i nostri congegni. In futuro, ci penserò due volte prima di accettare un regalo da lui.

Raggiungo Paige e Skylar in soggiorno. Skylar esclama: «Sei una bellezza» vedendo Scout e accarezzandolo. Mi sorride. «Adoro i golden retriever.» È una bruna, piccolina e indossa una blusa rosa a fiori legata sul fianco con pantaloni neri e tacchi alti.

A Scout deve piacere anche lei perché si appoggia alla sua gamba, guardandola adorante. Bizzarro, anche Max piace a Scout, molto più di chiunque altro. Dev'esserci qualcosa nei feromoni dei Bellamy o qualcosa di simile.

Skylar mi sorride e mi tende la mano. «Scusa, il tuo stupendo cane mi ha distratta. È veramente un piacere conoscerti, Brooke! Max mi ha detto che sei un architetto *favoloso*.»

Le stringo la mano, mi piace già. «Grazie, Max a me ha detto che tu sei una favolosa arredatrice d'interni.»

Lei si porta i lunghi capelli castani sopra la spalla, sorridendo proprio come suo fratello. «Beh, ci provo.» Prende il telefono dalla sacca di pelle. «Vi dispiace se faccio qualche fotografia mentre facciamo il giro? Mi aiuterà a trovare qualche bella idea.»

«So parecchio di arredamento» dice Paige. «Allestisco sempre gli appartamenti da mettere in vendita in città.»

Le do un'occhiata. Eravamo d'accordo che un'arredatrice d'interni ci sarebbe stata utile.

L'espressione di Skylar continua a essere piacevole e rilassata. «L'ho sentito. Sono sicura che sei bravissima nel tuo lavoro. Io sono qui solo per darvi delle idee, e, se deciderete che volete che lavori con voi, saremo una squadra.» Si volta verso di me. «Anche con te, Brooke. Mi piace lavorare con i clienti e capire che cosa è veramente meglio per loro.» Si mette una mano sul cuore. «Mi rende felice farvi felici.»

L'adoro già. Max l'aveva previsto. Do un'occhiata a Paige che non sembra convinta.

«Da questa parte» dico, indicando a Skylar di seguirmi. «Cominceremo al piano di sopra, visto che l'impresa non ha ancora cominciato in quella parte. Potrai dare un'occhiata al "prima". In questo modo, in futuro potremo incorporare le idee che avrai.»

Guido Scout verso i gradini e poi lascio andare il guinzaglio perché possa correre su per le scale.

Skylar è tutta *ooh* e *aah* in ogn

i stanza che le mostro. Adora questa casa quanto me. Quando torniamo in soggiorno perfino Paige sta sorridendo. Probabilmente perché Skylar ha avuto l'idea di fare un open space del suo appartamento, il tipo di stile moderno che piace a Paige.

Il soggiorno per ora è uno spazio vuoto, con grandi finestre su due lati, un camino, pareti intonacate e un bel soffitto con le travi a vista. Riesco a vedere i vecchi tempi in questa stanza e anche come potrebbe diventare uno spazio più moderno e confortevole con l'arredamento e l'illuminazione giusti. Mi piacerebbe avere vasi pieni di fiori che cambiano a seconda delle stagioni. Oh, dovrei aggiungere i fiori all'orto. Devo parlarne con Max.

Scout è stanco dopo tutta l'eccitazione del nostro tour. Adesso sta dormendo vicino ai miei piedi.

Skylar studia il soffitto per un momento e poi guarda il pavimento. «Ci starebbero bene dei battiscopa.»

Entra Gage e si blocca, fissando Skylar. Se non lo si conosce, Gage può sembrare intimidatorio. Grande e grosso, con le braccia tatuate e ha un'espressione dura sul viso spigoloso e quel velo di barba. La sua espressione di solito dice *fuori dai piedi, ho del lavoro da fare.*

«Gage, questa è Skylar» gli dico. «È un'arredatrice d'interni.»

Skylar lo nota e va da lui con un sorriso radioso sul volto.

Gli tende la mano. «Lieta di conoscerti. Sto solo prendendo degli appunti.»

Gage le stringe la mano, con il volto di pietra.

Skylar si mette le mani sui fianchi e si guarda attorno. «Sai che cosa sarebbe fantastico? Abbassare i pavimenti in modo da aumentare l'altezza della stanza. Una volta non costruivano le vecchie case con il senso di luce e spazio dei giorni nostri.»

Ooh, perché non ci ho pensato? A nessuno interessa che nel seminterrato il soffitto sia più basso. Ovviamente non è un progetto da poco.

«Hai detto abbassare i pavimenti?» le chiede Gage con la voce dura.

Skylar sorride. «Sì, per far entrare più luce e dare la sensazione di più spazio.» Va da lui e mette la mano vicino alla cima della sua testa. «Vedi, il soffitto è solo a cinque centimetri dalla cima della tua testa. Non preferiresti avere più spazio?»

Gage la fissa. Sono a faccia a faccia a pochi centimetri di distanza perché Skylar non si è tirata indietro dopo averlo misurato e sembra che Gage non voglia essere lui quello che si tira indietro.

«Sì, giusto?» lo invita lei con un sorriso accattivante.

Gage non le sorride. «Col cazzo. Scusa, con cavolo.»

«Darebbe veramente un'impressione di più spazio» insiste Skylar, senza far caso al suo linguaggio. È cresciuta con due fratelli maggiori. Gli dà una bella occhiata. «Dalla tua cintura degli attrezzi e dalla tua opinione decisa immagino che tu sia a capo della squadra.»

Gage annuisce.

Lei continua allegramente. «Sono così lieta di averti conosciuto prima che sia finita la ristrutturazione, così possiamo lavorare insieme e fare quei piccoli cambiamenti che potrebbero funzionare meglio nell'insieme.»

«Non è nel budget» dice lui a denti stretti. «E non c'è tempo.»

Ha ragione, anche se sono curiosa di sapere quanto costerebbe. Apro la bocca per chiedere ma sembra che io non serva per il confronto *Gage il muro* contro *Skylar cieli azzurri*.

«I programmi cambiano» dice Skylar con un cenno della testa. «E i budget possono essere aggiustati. Aggiungi un po' qui, togli un po' lì. È tutto fattibile se si usa un po' di creatività.»

Lui le rivolge un'occhiata cupa. «Chi credi di essere?»

Lei tira indietro le spalle, ergendosi in tutta la sua statura. «Skylar Bellamy, arredatrice d'interni al vostro servizio.» Dà un'occhiata a Paige e a me. «Beh, lo spero, se Paige e Brooke decideranno di lavorare con me.»

Gage si rilassa. «Bene, non ti hanno ancora veramente assunta.» Va in cucina a prendersi un bicchiere d'acqua.

Skylar lo segue con lo sguardo borbottando. «Lieta di averti conosciuta, signor Scorbutico.»

Gage non reagisce ma deve aver sentito perché mentre attraversa la stanza tornando indietro borbotta: «Signorina Allegria» proprio mentre le passa davanti e continua verso il salotto.

«Io sono allegra, grazie tante» grida Skylar. «Il mondo ha bisogno di persone positive!»

Paige e io ci scambiamo un'occhiata. Mmm, non sono sicura che questi due possano lavorare insieme.

Skylar torna a rivolgersi a noi. «Scusate, ho perso il controllo per un momento. È sempre così?»

«Praticamente.»

«Wow» dice lei. «Solo wow. Comunque...» Fa un respiro profondo chiudendo gli occhi per un momento e poi li riapre con un sorriso radioso sul volto. «Preparerò un progetto. Ho già i vostri questionari compilati e adesso che ci siamo conosciute e ho visto il posto, sarei entusiasta di lavorare con entrambe.»

«Anch'io» dico.

«Aspetto di vedere il tuo progetto» dice Paige senza molto entusiasmo.

«Ti accompagno» dico. Skylar è un cuscinetto migliore

perfino di Scout. Voglio controllare il laghetto prima di andare.

Andiamo alla porta d'ingresso perché quella posteriore è un cantiere. Scout si ravviva appena usciamo e trotterella con la coda in alto, entusiasta. È un cane felice.

Riconosco subito Max, anche se ha la schiena voltata verso di noi mentre scava per creare il laghetto per le carpe koi. Sembra che io abbia mandato a memoria la forma delle sue spalle e della schiena nella maglietta blu della Bellamy Landscapes. C'è Dave con lui oggi, un uomo gioviale sulla trentina che sta lavorando allo spazio da liberare per creare l'orto.

Skylar va verso Max quasi saltellando. «Max! Il mio fratello preferito a New York.» L'altro fratello è nel Vermont.

Lui si volta con un enorme sorriso sul bel volto. «Sky!»

Ridendo, Skylar corre verso di lui che la solleva da terra abbracciandola, poi la rimette giù e le appoggia la mano sulla testa. Lei respinge la sua mano e gli dà un pugno sulla spalla. Max aveva ragione, Skylar lo adora e il sentimento è reciproco. Mi batte forte il cuore vedendo quel dolce momento familiare. Max è un ottimo fratello maggiore.

Scout si lancia all'improvviso e il guinzaglio mi vola via dalla mano. Gli corro dietro, non voglio che si perda nei boschi dietro la proprietà.

Oh, sta andando da Max e lui è distratto da Skylar.

«Max!» urlo. «Attento...»

Scout gli salta addosso prima che finisca di parlare. Max barcolla all'indietro, perde l'equilibrio e finisce sul sedere nella buca. Scout gli appoggia le zampe sul petto e gli lecca la faccia.

Corro da loro, poi mi fermo di colpo. Non voglio sporcare di fango le sneakers. «Mi dispiace. Scout, vieni!» Mi chino in avanti per afferrare il guinzaglio, ma è troppo lontano.

«Togliti, bestia bavosa» dice Max, spingendo via Scout. Quando tenta di alzarsi, Scout gli salta di nuovo addosso, tutto eccitato.

«Scout, via!» Mi rivolgo a Max, mortificata. «Giuro che gli

ho fatto frequentare una classe di obbedienza. Di solito non è così.»

Max mi porge il guinzaglio, con le mani coperte di terra scura. «Il tuo cane è una minaccia.»

«Non è vero!» esclama Skylar. «È soltanto un tenerone. Vero, Scout?»

Scout corre da lei, che si accuccia accarezzandolo. Almeno non le è saltato addosso. Non so che cosa ci sia in Max che lo fa impazzire.

Max esce dalla buca, spazzolando via la terra. Gira la testa per guardarsi il sedere. Sfortunatamente la terra si è proprio attaccata. È più fango, direi. Che disastro. Scout corre da lui eccitato, annusandogli i jeans e poi dandogli le testate sulla mano per farsi accarezzare. Max lo accontenta, grattandolo dietro le orecchie. «Stupidotto» dice.

Scout ansima felice guardandolo come fosse innamorato. Sto cominciando a provare lo stresso sentimento.

Il giorno successivo c'è un problema dopo l'altro. Uno dei nuovi armadietti del bagno è risultato danneggiato all'arrivo, una finestra della camera sul davanti è stata rotta da un uccello che ci è volato direttamente contro – il poveretto è morto nell'impatto – e Gage ha chiamato dicendo che è malato. Non lo fa mai e quindi deve stare veramente male. Non sa se si tratti di avvelenamento da cibo o un virus intestinale, quindi ho cercato di sostituirlo, controllando io con la squadra i lavori da fare oggi, mentre Paige continua a ripetermi che cosa le piace e quello che non le piace delle idee del giorno prima di Skylar. Non abbiamo ancora visto il suo progetto. Paige sta ancora cercando di mantenere il suo status di capo arredatore per via della sua esperienza nell'allestimento degli appartamenti per la vendita. Non ha frequentato una scuola apposita. Paige è laureata in Economia, ma detestava lavorare in banca e ha deciso per la professione di agente immobiliare.

È un sollievo quando Paige finalmente parte per la città quel pomeriggio. Mi allontano dal rumore delle costruzioni, diretta al silenzio dell'appartamento di Paige per fare qualche telefonata. La mia priorità è trovare un posto dove trovare finestre storiche per sostituire quella rotta, altrimenti non si intonerà con le altre. Potremmo usare una di quelle sul retro, ma rischieremmo di danneggiare ulteriormente la casa.

Quando arrivo lì, sono sorpresa di vedere un materasso gonfiabile con un cuscino e la trapunta a pois gialli di Paige. Ha passato la notte qui? Ho sentito lei e Wyatt che litigavano ieri sera tardi. Paige spesso va a fare un giro all'aperto quando è arrabbiata. Dev'essere venuta qua. Pensavo fosse arrivata alla locanda questa mattina presto. Mi guardo intorno e non vedo nient'altro che possa aver lasciato. Forse voleva solo un posto dove andare quando ha bisogno di spazio da Wyatt. Sono i più vicini per età e Paige non sopporta l'iperprotettività di Wyatt o la sua abitudine a intromettersi. Comunque non riesce a farlo smettere.

Telefono a tutti quelli che penso possano avere accesso a finestre storiche, inclusa una donna con la quale lavoro in ufficio, e non c'è niente da fare. Ci tornerò sopra. Ho le spalle sempre più rigide mentre cammino avanti e indietro nella stanza, parlando con il tizio degli armadietti del bagno, rimandando l'installazione del lavandino e del ripiano e poi richiamando il mio capo, Bill. Non gli piace quanto tempo ci metto a richiamarlo quando lavoro da remoto. Non per niente, ma mi sono fatta il culo nella sua ditta negli ultimi quattro anni. Si potrebbe pensare che mi conceda un po' di tregua perché non sono ai suoi comandi a qualsiasi ora per due giorni la settimana. Rispondo alle chiamate e alle e-mail alla fine della giornata lavorativa.

Ficco il telefono in borsa, non voglio guardare tutte le notifiche, i messaggi e le chiamate perse. Ho solo bisogno di una pausa. Vado verso la finestra sul retro e vedo Max che lavora al laghetto: sta stendendo il telo impermeabile. Ho lasciato a casa Scout oggi, dopo l'imbarazzante incidente in cui ha fatto cadere Max nel fango. Max non si è lamentato ma ha detto che non voleva perdere tempo quando lavorava, quindi non è nemmeno andato a casa a cambiarsi. Mi ha assicurato che aveva un asciugamano su cui sedersi nel percorso verso casa.

Dave sta lavorando alla cascata lì vicino, ma il mio sguardo torna a Max, ricordando venerdì scorso, quando siamo andati a fare un giro in barca alla luce della luna, il modo in cui mi ha tenuta abbracciata, il modo in cui mi ha baciata. Non so che cos'ha di speciale. Mi rilassa solo essendo lui stesso e mi fa sentire sicura. Non credo di essermi mai sentita così con un altro uomo. E allo stesso tempo mi eccita.

Non pensarci! Con tutto lo stress che sto accumulando, mi resta troppa poca forza di volontà per continuare a negare la tentazione.

Torno al piano di sotto nel caos della squadra che sta ancora lavorando e vado in cucina. Non è ancora completamente funzionante. È tutto a posto, per il momento coperto con teloni. Di solito preparo i biscotti con le gocce di cioccolato come antistress; il profumo del cioccolato, del burro e dello zucchero, la goduria di mordere un biscotto appena fatto funzionano sempre. Non posso prepararli qui e comunque non ho tempo. Il mio secondo turno comincia immediatamente dopo questo, devo fare il lavoro per cui mi pagano. Le spalle diventano rigide al solo pensiero.

Esco, dicendomi che vado solo a controllare a che punto è Max. Non posso mantenere le distanze da qualcuno che lavora per me, giusto? E mi rilasso sempre quando sono vicino a lui.

E se Max fosse il mio antistress? Un antistress occasionale, senza vincoli. Al pensiero il mio cuore salta un battito.

Arrivo al patio sul retro proprio mentre Max prende una bottiglietta d'acqua dal frigorifero portatile. Il mio polso diventa erratico solo guardandolo. Quelle spalle larghe, le braccia muscolose. Le grandi mani capaci.

Mi fa un sorrisino sghembo. «Niente Scout che mi salta addosso oggi?»

Sorrido imbarazzata. «Niente Scout. Non so perché si ecciti tanto con te. È un po' imbarazzante.»

Lui gira il berretto e beve un sorso d'acqua. «Sono un tipo eccitante.»

Mi avvicino, ho quasi voglia di imitare Scout e saltargli addosso. «In che senso?»

«Mi ha visto scavare nella terra. È praticamente una delle cose preferite dai cani. Voleva divertirsi anche lui.»

«Sì, ma ti è saltato addosso parecchie altre volte quando non c'era terra smossa in giro.»

Lui sorride con gli occhi azzurri che scintillano diabolicamente. *Desiderio.* «La meraviglia barbuta.» L'avevo già chiamato così.

«Vuoi venire a bere qualcosa all'Horseman Inn stasera?» Trattengo il fiato, cercando di mantenere un'espressione tranquilla, come se non fosse niente di importante.

«Che ne dici della cena?»

9
———

Max

Alla fine della giornata, vado verso la locanda per incontrare Brooke. Siamo a metà del progetto, e questo significa il prossimo pagamento. E devo confermare i nostri piani per la cena. Lei mi saluta da una finestra del piano di sopra e mi indica di salire. Attraverso il nuovo corridoio e la scala posteriore e la trovo nell'appartamento privato.

Entro nella stanza e mi fermo di colpo. Sul pavimento c'è un grande materasso gonfiabile con una trapunta a pois gialli, molto femminile. A quanto pare Brooke vuole qualcos'altro oltre la cena.

Lei si avvicina ancheggiando, fissandomi negli occhi. «Salve.»

In un attimo mi passano un mucchio di cose per la mente: la cena, *il sesso*, il pagamento, *il sesso*, la cliente più importante, *il sesso*. Ma quello che mi esce dalle labbra è un «Ee-e-ehi».

Lei si getta su di me, le labbra sulle mie, mettendomi le braccia intorno al collo. Non riesco a resistere. Nessuno ci riuscirebbe. È così sexy, con la lingua che accarezza la mia bocca. Le afferro il sedere e la premo contro di me, con il desiderio che diventa quasi insopportabile. Lei geme piano.

Brooke interrompe il bacio all'improvviso e si toglie la blusa azzurra a balze. Ho la bocca secca. È così bella. Mi rialza la maglietta e io finisco il lavoro. Poi torna tra le mie braccia e mi bacia con passione. Dentro di me il desiderio ruggisce come mai prima. Non ne ho mai abbastanza, la bacio mentre accarezzo tutta quella pelle morbida. Le abbasso le spalline del reggiseno, lo sgancio e lo faccio volare.

Brooke armeggia con il bottone dei miei jeans e io interrompo il bacio, respirando affannosamente. «Brooke, aspetta. Vogliamo veramente farlo? E...»

Lei si sta già togliendo i jeans. «Va tutto bene, prendo la pillola.»

Mi spremo il cervello, cercando il ragionamento razionale che credevo di avere pronto. No. Niente. «Sono pulito.»

«Anch'io.» Spinge di lato la trapunta, si sdraia e allarga le gambe invitandomi. «Ho sentito dire che il sesso è il migliore antistress. Max, ho veramente bisogno di rilassarmi.»

Scatto, sbottonando i jeans e abbassandoli insieme ai boxer. «L'ho sentito dire anch'io.»

Le sono addosso in un lampo. L'impatto della pelle sulla pelle provoca una marea di sensazioni. Mi appoggio sugli avambracci e la bacio teneramente, cercando disperatamente di rallentare. Voglio che sia bello per lei.

«Max» dice Brooke dolcemente quando le bacio la fronte. Io continuo baciandole tutto il bel volto e poi l'incavo del collo, dove profuma di fiori.

Mi abbasso sul seno, baciandola lentamente tutto intorno mentre il suo capezzolo diventa una punta rigida.

«Max» dice. «Sono pronta.»

Succhio il suo capezzolo accarezzando l'altro seno, preparandolo per la mia attenzione. Brooke infila le dita tra i miei capelli. Alzo gli occhi. Ha la testa all'indietro, le labbra aperte mentre respira pesantemente.

Mi sposto sull'altro seno, succhiando forte. Brooke muove incessantemente i fianchi sotto di me, implorando la mia attenzione. Mi muovo, mettendo la mano tra le sue gambe, diritto verso quello che chiamo il pulsante del piacere. Un tocco e le donne impazziscono. *Eccolo.* Lei ansima, arcuando i fianchi.

«Tutto bene?» le chiedo, pensando di essermi forse mosso troppo in fretta.

Lei annuisce vigorosamente. «È passato decisamente troppo tempo per me.»

Provo un forte sentimento di orgoglio. Ha scelto *me*. Devo essere irresistibile.

«Non fare quella faccia compiaciuta» mi dice. «È solo un antistress.»

Niente vincoli, niente aspettative. È perfetto.

La bacio, continuando a strofinarla tra le gambe, sentendo il suo desiderio che aumenta. Lei si muove al mio ritmo, emettendo quei piccoli suoni vogliosi in fondo alla gola. La mia eccitazione sale alle stelle.

Sollevo la testa, osservandola. I suoi occhi verdi mi fissano e poi li chiude, gridando e scuotendosi per l'orgasmo. *Sì!*

Non riesco più ad aspettare. Mi spingo dentro di lei che ansima, spalancando gli occhi. È così stretta, il piacere quasi insopportabile. Le lascio comunque un momento.

«Wow» dice. «È favoloso. Tocca a me.» Mi appoggia le mani sulle spalle e spinge, cercando di spostarmi.

Mi giro sul fianco e la sistemo sopra di me. Lei mi accoglie di nuovo lentamente, gemendo piano. I capelli lunghi fluttuano sopra di me come una cortina di seta, il suo corpo è morbido e caldo. Io sono vicino, e lei non si è nemmeno mossa.

Le afferro i fianchi, guidandola in un lento dondolio.

Non le dispiace, chiude gli occhi tirando indietro la testa. «Io non sto quasi mai sopra» dice sussurrando. «È così quando non si rimugina troppo sulle cose.»

«Sei una chiacchierona.» Mi chiedo che cosa posso farle dire che normalmente terrebbe per sé. L'accarezzo piano, estraendo altro piacere dal posto che le ha appena procurato un orgasmo. Adesso sta ansimando. «Parlami di tutte le tue fantasie erotiche.»

«Ah-ah-ah. Max!» Muove sempre più in fretta i fianchi,

stringendomi le spalle con le dita. Lotto per mantenere il controllo, ho bisogno anch'io di venire.

Trattieniti, trattieniti, trattieniti.

Lei viene con un grido acuto. Le afferro i fianchi, alzandomi verso di lei mentre lei continua a gemere. Mi lascio andare, travolto da un'esplosione di piacere. La stanza diventa buia per un attimo, mi fischiano le orecchie. Crollo, perdendo la presa sui suoi fianchi. Continuo a essere colmo di sensazioni anche dopo l'orgasmo. Calda pelle di seta, capelli lisci, il profumo muschiato e di fiori nell'aria.

Brooke mi bacia. «Grazie.»

Io sorrido. «Grazie a *te*.»

«Di solito preparo i biscotti per rilassarmi, ma questo è stato *molto* meglio.»

Le scosto i capelli dal volto, provando un'ondata di affetto. *Biscotti.* Potrei abituarmi. Passare del tempo con Brooke, nudi, cena con Brooke, parlare in una calda serata o in una fresca, o a letto. Solo stare con lei.

«Paige mi ucciderebbe se sapesse di noi. Non dirglielo. Non che lo faresti. Capisci perché dobbiamo mantenerlo tra noi, vero?»

Mi sento invadere dal gelo. Ciò che abbiamo fatto potrebbe causare un solco tra di loro. E sono quelle che firmano i miei assegni. Battibeccano sempre e se Paige pensasse che sto impegolandomi con Brooke sul lavoro...

La sollevo e l'appoggio sul materasso. Lei si rannicchia immediatamente addosso al mio fianco e tira la trapunta su di noi. Resto immobile, non so qual è la cosa giusta da fare. Dimenticate tutti quei sentimenti smielati. Era solo il post-orgasmo. Ne sono quasi sicuro. Comunque dovrei fare un passo indietro, dire che non succederà più e andarmene.

Brooke mi afferra il braccio e se lo mette sulle spalle, obbligandomi a coccolarla. Di solito non mi dispiace fare le coccole. Ho avuto una relazione durata cinque anni subito dopo le superiori e le coccole erano obbligatorie dopo il sesso, se non volevo avere a che fare con una donna schiumante di rabbia. Comunque, questo non è il punto in cui uno di noi dovrebbe porre dei limiti?

Giusto per confermare che non ci sono vincoli.

E quella roba professionale.

E farmi pagare dalla persona che mi ha regalato il miglior sesso della mia vita.

Deglutisco, cercando di trovare le parole giuste. Non voglio ferire i suoi sentimenti. Le donne possono essere così emotive dopo il sesso.

Brooke appoggia la testa sulla mia spalla e mi accarezza il petto. La sua mano si ferma sopra il cuore. «Il tuo cuore sta battendo in fretta. È stato fantastico, vero?»

«Giusto.» È una che parla, prima e dopo e non riesco a trovare la forza di lasciare il calore del letto. Mi prudono le dita dalla voglia di tracciare la curva della sua spalla. Prima o poi uno dei noi dovrà affrontare il problema di quello che abbiamo appena fatto. Non può più succedere.

«Fai un buon lavoro» dice.

Curvo le labbra in un sorriso. Le ho procurato due orgasmi. «Prego.»

Lei scoppia a ridere. «Intendevo il giardinaggio. Dovresti aumentare i prezzi per i progetti commerciali. La tua offerta era la più bassa di tutte le altre che abbiamo ricevuto.»

Sposto la testa per guardarla. «Di quanto?»

Lei guarda il soffitto, riflettendo. «Venti per cento.»

Fisso il soffitto. «Maledizione.»

«Siete solo il mio secondo clienti commerciale e ho concesso un grosso sconto al primo in cambio della riduzione di prezzo per il catering per il Festival d'Inverno.»

«Beh, fa schifo.»

«Sul serio!» L'afferro e le faccio il solletico. Lei strilla, cercando di difendersi tra uno scoppio di risa e l'altro.

La inchiodo sotto di me, tenendole i polsi ai lati della testa. «Fa schifo. Grazie tante per avermelo fatto notare.»

Ha gli occhi brillanti, le guance arrossate per tutto quel ridere. La sua bellezza, tutto quanto di lei mi attira. Oltretutto siamo nudi e io sono sopra di lei. Il desiderio ricomincia.

«Ehi, non ero obbligata a dirti niente riguardo la tua offerta» dice. «È stato un favore tra amici.»

Amici, ah! «Beh, la mia *amica* mi ha regalato il miglior orgasmo che abbia mai avuto.»

Lei si morde il labbro, con gli occhi che si addolciscono. «Davvero?»

Le lascio andare i polsi, rimpiangendo di averlo ammesso. Renderà solo più difficile tenerla a distanza per ragioni professionali. Guardo di lato, cercando di trovare la forza per lasciarla.

Lei mi getta le braccia intorno al collo, con un sorriso abbagliante. «Lo stesso per me.»

Potrei annegare in quel sorriso. *Resisti. Vestiti.* «Non dovrà più succedere» dico fermamente.

Lei mi accarezza la barba. «Mai più.» Poi mi afferra la testa e mi bacia.

Mi butto. Il tempo non conta.

~

Brooke

Quindi è successo *quello* e adesso *questo*. Max e io stiamo cenando all'Horseman Inn in quello che sembra un appuntamento. Forse è il post-orgasmo che parla, ma mi sento tutta calda e felice. Tutto sembra più brillante nel mondo. Come se mi stessi svegliando dopo un lungo sonno. È perché è finalmente finita l'astinenza o c'è qualcosa di più?

Mangio un boccone di spinaci, dicendomi di attenermi al primo istinto. Il sesso è un antistress, niente di più. Non sono abituata a incontri casuali e adesso mi sento così bene. Normalmente starei rimuginando o mi starei preoccupando che lui sparisca. È così fantastico che mi chiedo perché non ci ho pensato prima. Paige mi ucciderebbe se sapesse che ho usato il suo letto per fare sesso. Laverò tutto prima che torni. Non sarebbe contenta nemmeno di sapere che sono andata a letto con qualcuno al lavoro, ma, in mia difesa, erano passate le cinque del pomeriggio. Tecnicamente l'orario lavorativo era finito. Lo so, lo so, è una scusa deboluccia.

«Com'è la tua cena?» mi chiede Max.

«Perfetta. Tutto quello che ho assaggiato qui è stato fantastico. Spero di riuscire a ottenere l'aiuto dello chef per il menu della colazione per la locanda. E la tua?»

Lui taglia un pezzetto di bistecca. «Fantastica.» I suoi occhi scintillano, sulle labbra ha un sorriso.

Sorrido anch'io, crogiolandomi nel calore segreto del club *abbiamo appena fatto sesso ed è stato fantastico*. Mangio un altro boccone di pesce in crosta di noci macadamia. E pensare che prima ero così stressata. Non mi interessa nemmeno di avere ancora del lavoro da fare stasera per il mio impiego retribuito. Non c'è niente che può diminuire questo bagliore.

«Terra a Brooke» esclama una donna.

Esco trasalendo dal mio stato trasognato. Mia cognata, Sydney, è accanto al mio tavolo e non mi ero nemmeno accorta che si stesse avvicinando. Questo posto è suo. Ha i lunghi capelli color Tiziano raccolti in una coda di cavallo e come tutto il resto del personale indossa una maglietta nera, insieme a pantaloni neri e stivali alla caviglia. «Ciao.»

Di colpo mi sento in imbarazzo perché sto cenando con Max. Sydney potrebbe parlarne a casa di Wyatt, dove viviamo Paige e io quando siamo in città. Paige farà domande e non sono molto brava a nascondere le cose. Se Wyatt penserà che ci siano problemi nella sorellanza, si intrometterà, giocando la carta del fratello iperprotettivo e *sistemerà* il problema. Io non voglio che *sistemi* Max. È fantastico esattamente così com'è.

Oddio, mi sto già innamorando del mio antistress informale, senza impegno?

Sydney sorride a Max. «Ehi.» Ci guarda incuriosita, con un accenno di sogghigno sul viso. Giuro che Wyatt la sta contagiando. Lui è un "sogghignatore" formidabile. «Com'è la cena?»

«Perfetta» dice Max.

Annuisco. «Veramente buona.»

Sydney da un pugno sulla spalla a Max e poi si rivolge a

me. «Sono cresciuta con Max, stessa classe. Audrey era pazza di lui l'ultimo anno delle superiori, finché lui l'ha mollata, per il suo stesso bene.»

Max si strofina la nuca. «Storia vecchia. Adesso siamo amici.»

«Sto solo punzecchiandolo un po'» mi dice Sydney. «Audrey si strugge per mio fratello Drew da *sempre*, lo venera come un vero eroe, con qualche pausa qua e là per una breve relazione.»

Max scuote la testa. «Sono sicuro che l'abbia superato e lo veda come un uomo normale, proprio come il resto di noi.»

Sydney sembra riflettere. «È quello che non riesco a capire. Ai suoi occhi, Drew è una specie di dio guerriero...»

«Un cavaliere» dice Max.

Sydney resta a bocca aperta. «L'ha detto lei? Come un cavaliere dalla scintillante armatura?»

Max si dimena a disagio. «Non dirle che te l'ho detto io.»

«Max! Parla! Ha pronunciato esattamente queste parole: cavaliere dalla scintillante armatura?»

Lui fa spallucce. «Ho sempre immaginato che l'avesse trasformato in un essere fantastico, come quelli nei romantici libri di avventura che le piace leggere.»

Oh, mio Dio. Max sta veramente vuotando il sacco su Audrey. Nota per me: non rivelare *mai* a Max una fantasia segreta.

Sydney si mette le mani sui fianchi. «Romantici libri d'avventura! Come facevo a non saperlo?»

Max stringe le labbra. «Non l'hai saputo da me.»

Sydney scuote la testa. «Proprio non la capisco. Se desidera segretamente l'avventura, perché è rimasta a Summerdale a fare la bibliotecaria? Non ha mai nemmeno viaggiato. Devo parlare con quella ragazza! Così misteriosa. Si potrebbe pensare che si sarebbe confidata con me, visto che ci conosciamo dalla scuola materna. Diavolo, adesso che ci penso, sono incazzata.» Guarda fuori dalla vetrina, stringendo gli occhi. «Vado a casa sua e pretendo che mi dica tutto, subito.»

Max alza una mano. «Non ammetterà niente se piombi da lei pretendendo che parli.»

Esattamente. Max è sorprendentemente in sintonia con i problemi di natura delicata. O forse, semplicemente, è in sintonia con Audrey. C'è ancora qualcosa tra di loro. Mi sento stringere lo stomaco a quel pensiero.

Sydney sospira. «Hai ragione. Semplicemente detesto vederla bloccata, capisci?»

«Si sbloccherà quando è pronta» dice Max.

Ricaccio in fondo la mia gelosia. Audrey dev'essersi fidata di Max più che della sua amica, visto tutto ciò che ha condiviso. Dice molto di Max. È degno di fiducia. E piuttosto meraviglioso.

Sydney mi dà un colpetto sulla spalla, con un'espressione maliziosa. «E pensare che volevo accoppiarti con Eli e adesso lui è sposato ed eccoti qui con Max. Lui è uno di quelli buoni, e mi piace che sia di Summerdale. Dobbiamo riuscire a farti restare qui in permanenza.»

«Non stiamo insieme» dice Max.

Lo guardo negli occhi, stranamente delusa, anche se stavo per dire la stessa cosa. Non voglio che Sydney riferisca qualcosa a Paige o a Wyatt. «Solo amici. Lavoriamo insieme.»

«Uh-uh» dice Sydney. «Mi sembrate piuttosto intimi qui, in un tavolo d'angolo per due.»

La cameriera, Ellen, una donna sulla sessantina con capelli biondi tinti, si ferma per chiedere se abbiamo bisogno di qualcosa.

Sydney si rivolge a lei. «Diresti che questa scenetta indica due amici che stanno cenando insieme? Obiettivamente parlando.»

Ellen mi fa l'occhiolino. «Sembrano due amici che potrebbero tendere verso un appuntamento. Chi paga?»

«Io» dico immediatamente, anche se in questo momento sono un po' a corto di soldi.

«Dividiamo» dice Max, ed è un sollievo.

Ellen piega la testa verso Sydney. «A me sembrano amici con un certo potenziale.»

Ridono e se ne vanno.

Fisso la mia cena, lottando contro il rossore che sento salirmi alle guance. Non avevo detto che sul mio volto si vedono tutte le emozioni?

Max si china sopra il tavolo. «Si annoiano al lavoro. Non ascoltarle.»

Alzo la testa. «Non voglio che la notizia arrivi a Paige.» Evito di menzionare Wyatt. È imbarazzante avere un fratello iperprotettivo alla mia età.

Lui stringe i denti e torna ad appoggiarsi allo schienale. «Giusto.»

«Non le permetterò di licenziarti, o fare nient'altro.»

«Spero di no.» Si china in avanti e sussurra ferocemente: «Sei stata tu a provarci per prima».

Gli do un'occhiataccia. «Beh, non ti ho proprio costretto. Hai ricambiato immediatamente.»

Max guarda fuori dalla finestra nel buio della notte. «Non deve più succedere.»

Piccata, rispondo in tono gelido: «Non è mai successo».

Finiamo di cenare in silenzio. Sono così scocciata che non chiedo nemmeno il dessert anche se adoro il dolce al cioccolato senza farina che preparano qui.

Ellen mette il conto in mezzo al tavolo. «Buona serata!»

«Grazie, buona serata anche a te» dico prendendo la borsa. Tolgo il portafoglio.

Max afferra il conto. «Ti ho invitata io. Pagherò io.»

Apro la bocca per discutere e poi la richiudo. Sta solo comportandosi gentilmente e non ho intenzione di far finire questa serata su una nota amara. Ho passato momenti fantastici con lui finché non ho cominciato a complicarli pensando di poter continuare questo... Qualsiasi cosa sia che c'è tra di noi. Fare sesso una volta, okay, due, non significa niente. È stato solo un antistress. Niente emozioni incasinate. Mi piacerebbe che fosse facile per me come sembra esserlo per gli uomini.

Sento lo stomaco che si ribalta lentamente. Pensavo che Max fosse diverso.

«Grazie per la cena.» Rimetto in borsa il portafoglio e ne tolgo il suo assegno. «Oh, quasi dimenticavo. Ecco il pagamento che scadeva oggi.» Gli porgo l'assegno attraverso il tavolo.

Lui lo guarda come fosse un serpente.

«Il pagamento a metà lavori» insisto. «Come ho detto prima, fai un ottimo lavoro.»

Lui alza lentamente la testa, negli occhi azzurri un'espressione ferita. Pensavo che sarebbe stato lieto di essere pagato. Parlava di accelerare i lavori. Presumevo fosse perché aveva bisogno del pagamento e volesse cominciare il suo prossimo lavoro.

«Che cosa c'è che non va?»

Lui infila l'assegno nel suo portafoglio. «Niente. Grazie.»

«Max, dai, che cosa c'è che non va?»

Lui scuote la testa. «Niente. Questo pagamento mi aiuta più di quello che potresti pensare.»

«Hai dei debiti?»

Lui mi guarda negli occhi, senza più calore. «Vorrei evitare di vendere la mia casa. La scadenza che ha fissato mio fratello si sta avvicinando rapidamente. Gli darò tutto quello che resta dopo aver pagato il personale e i materiali.»

«Che scadenza?»

Mi racconta della fattoria in crisi di Liam, della ragazza incinta e il fatto che, tecnicamente, Max, Liam e Skylar sono proprietari alla pari della casa sul lago.

«Amo quella casa» dice. «Questione di nostalgia, più che altro.» Stringe le labbra finché diventano una linea sottile. «Dovrei semplicemente voltare pagina. Liam l'ha fatto.»

Mi si stringe il cuore per lui. Non avevo idea che avesse bisogno di soldi per la sua famiglia. E ho visto la sua casa sul lago. È speciale, dato che è della sua famiglia da generazioni e in una posizione così bella. «Skylar che ne pensa?»

Max riesce a fare un mezzo sorriso. «Skylar crede che l'universo faccia esattamente quello che deve fare, anche se spera che io riesca a tenerla.»

«Ora scommetto che vorresti non aver fatto un'offerta

troppo bassa.» Mi sbatto una mano sulla bocca. «Scusa, non avrei dovuto dirlo.»

Max si alza bruscamente. «Vivi e impara.»

Mi alzo anch'io, capendo che la serata sta irrimediabilmente andando a rotoli. Mi indica di uscire prima di lui. Vado verso la porta, cercando di pensare a che cosa posso dire per salvare la serata. Era cominciato tutto in modo così piacevole.

Max mi segue come un nuvolone scuro, accompagnandomi all'auto. «Buona notte.» Si china verso di me e per un momento, un solo momento penso che stia per baciarmi e che dopotutto vada tutto bene. Invece mi dà un bacio sulla guancia. «Grazie per l'assegno.»

«Te lo sei guadagnato.»

Max fa un sorrisino sghembo, poi si volta e se ne va.

Aspettate, sembrava di esserselo guadagnato col sesso?

«Mi riferivo al giardinaggio!» urlo attraverso il parcheggio.

Max alza una mano per confermare che ha capito e sale sul pick-up. Mi strofino la tempia. Ora, perché mi sembra di aver detto di nuovo la cosa sbagliata?

Abbasso la testa con un sospiro. *Perché hai fatto la cosa sbagliata. Due volte. Hai fatto sesso con lui e poi l'hai pagato.*

***

10

Brooke

Mi siedo a disagio al lungo tavolo di legno chiaro in casa di Wyatt per quella che è diventata una tradizione: la cena della domenica in famiglia. Siamo nella sala da pranzo formale, appena fuori dalla cucina, con un camino e un grande tappeto persiano nei toni del rosso sopra il parquet. Il tavolo da pranzo è da dodici coperti. Stasera siamo Wyatt, Sydney, io, Paige, Kayla e il suo fidanzato, Adam. Wyatt vede casa sua come il quartier generale della famiglia Winters-Robinson. È lui l'ospite in tutte le occasione speciali, dalle cene delle feste ai matrimoni. Eli Robinson ha sposato qui Jenna l'anno scorso, alla vigilia di Capodanno, nel soggiorno e prima, lo stesso anno, sempre qui, ma all'aperto, si erano sposati Sydney e Wyatt.

Wyatt e Sydney sono seduti a capotavola, uno di fronte all'altro e discutono scherzosamente su quale sia il "vero" capotavola, sottintendendo che solo uno è il vero leader del clan. È una dinamica divertente perché entrambi insistono a sedersi a capotavola e, col tavolo così lungo, gli altri ospiti devono scegliere una parte con cui conversare. Paige e io siamo vicine a Wyatt, Adam e Kayla sono in fondo dall'altra parte accanto a Sydney. Ci scambiamo di posto ogni settimana. Wyatt invita sempre tutte e tre le sorelle mentre Sydney sembra preferire non invitare tutti i suoi fratelli. Solo Adam, perché è fidanzato con Kayla. Segretamente penso che sia perché Sydney ritiene che i suoi fratelli si intrometterebbero nella sua lotta con Wyatt per la supremazia, cercando di difenderla, mentre lei trova immensamente divertente battagliare da sola.

Normalmente mi starei divertendo, ma tutto ciò a cui riesco a pensare è come ho incasinato tutto con Max. Avrei dovuto pagarlo molto prima quel giorno, in modo che non ci fosse un collegamento con la mia successiva seduzione. Non so che cosa mi sia venuto in mente per sedurlo in quel modo. Avevamo in programma di cenare insieme e sarebbe stata un'occasione piacevole e informale. Invece mi sono buttata addosso a lui.

E la faccenda è che non riesco a smettere di pensare a come è stato fantastico e quanto vorrei rifarlo. Ed è più di quello, però. Max mi piace davvero. Mi piace come mantiene il suo senso dell'umorismo anche quando i tempi sono duri, come dover vendere la sua amatissima casa per amore di suo fratello. Oppure venire sbattuto col sedere per terra dal mio cane troppo zelante. Si era limitato ad accarezzarlo, chiamarlo stupidotto e tornare a lavorare. Mi piace come mette la famiglia al primo posto, come vuole aiutare il fratello maggiore e come adora la sorella minore. Mi piace com'è facile parlare con lui, così rilassato e anche dolce. Un gran lavoratore.

Merda.

Sono innamorata di lui.

Bevo un sorso d'acqua, portandomi il bicchiere alla bocca con la mano tremante. Come ho potuto lasciare che succedesse? Dovevo essere attenta, procedere lentamente, sdrammatizzare. Fallimento completo. E adesso è tutto incasinato tra di noi prima ancora di avere una chance. Avrei dovuto chiamarlo, ma non sono riuscita a immaginare qual era la cosa giusta di dirgli. E adesso so perché. Perché dire che era solo un antistress era un bugia. E non so se la verità sarà una notizia benvenuta.

Dopo il pranzo tornerò nel New Jersey, per il mio lavoro retribuito e non riuscirò a vedere Max fino a giovedì. Spero che per quando tornerò le cose si siano calmate riguardo all'incidente assegno-dopo-il-sesso. Gli spiegherò... No, aspettate. Dovrei andare a casa sua subito dopo il pranzo ed essere completamente aperta e sincera su quanto tenga a lui. Ma se non ricambiasse?

Paige mi dà un calcio sotto il tavolo.

«Ahi!»

Mi fissa negli occhi. «Stavo giusto dicendo a Wyatt che i lavori alla locanda procedono come da programma.»

«Brooke, sarei lieto di contribuire se i fondi sono scarsi» dice Wyatt. «Voglio che la locanda sia un successo.»

È così allettante lasciare che Wyatt ci aiuti. È ricco, dopo le start-up tecnologiche che ha venduto, ma Paige è stata irremovibile dicendo che non possiamo accettare il suo aiuto, perché poi Wyatt prenderebbe il comando.

Le do un'occhiata implorante. *Solo un piccolo aiuto?* Sono stressata giorno dopo giorno per il budget e i costosi ritardi. Ho dovuto rinunciare ai mobili d'antiquariato di alto livello che volevo per le stanze degli ospiti. Adesso ci accontenteremo di un aspetto rustico con i letti di ferro battuto e trapunte industriali. Niente trapunte fatte a mano. Anche i tappeti sono diventati semplici falsi sisal. E ho dovuto cancellare completamente la brillante idea di Skylar di abbassare i pavimenti per dare una sensazione di spazio al piano inferiore. Almeno Paige ha accettato di assumere Skylar per farci aiutare.

Paige scuote discretamente la testa.

Mi volto a guardare Wyatt, che ha un'espressione speranzosa. Vorrebbe tanto aiutarci. So che si sente ancora responsabile per noi, come l'uomo di casa. «Ce la stiamo cavando benissimo, ma ti ringrazio per l'offerta.»

Lui lancia un'occhiata a Paige, che sembra contenta mentre torna a mangiare. «Hai paura che prenda io il controllo.»

«Non *ho paura* che tu prenda il controllo» dice Paige. «*So che prenderesti il controllo.*»

«Solo per aiutarvi» dice Wyatt in tono offeso. «Giusto, Syd? So il mio mestiere e ho aiutato altre imprese ad avere successo.»

«È vero» risponde tranquillamente sua moglie. «Ma va meglio quando sono loro a chiederti di aiutarle. Brooke e Paige hanno tutto sotto controllo.»

Wyatt si rivolge a me, con le sopracciglia aggrottate sopra gli occhi marrone chiaro. «Sii sincera. Ti ho vista tesa come una corda di violino ogni volta che vieni a casa. Se sei stressata riguardo...»

«Va tutto bene» dice Paige.

Oh, sono stressata! Tutta la mia vita è un casino infernale!

«Grazie per l'offerta.» Gli do una stretta al braccio. «Se avremo seriamente bisogno di aiuto sei la prima persona a cui ci rivolgeremo.»

Lui dà un'occhiata alla mia mano sul suo braccio e la solleva. «Dov'è l'anello di fidanzamento di Paige?»

Mi metto la mano in grembo. Non posso mentirgli, quindi non dico niente.

Lui m'inchioda con un'occhiata dura. «L'avete venduto per coprire i costi alla locanda?» A Wyatt non sfugge niente.

«Volevo venderlo» dice Paige. «Non mi serviva il promemoria.»

Kayla interviene a voce alta dall'altra parte del tavolo. «Niente anello? Brooke, significa che sei pronta a uscire di nuovo?»

Volto di scatto la testa dall'altra parte del tavolo, ma non per guardare Kayla. Fisso Sydney, implorandola di non menzionare la mia cena con Max. Non voglio che Paige pensi che mi sto trastullando sul lavoro, anche se adesso mi rendo conto che Max significa molto più di un momento di leggerezza. È già abbastanza brutto essermi messa in affari con mia sorella, con lei al comando: più soldi investiti, più tempo al cantiere della locanda. Ha anche ridotto le sue ore lavorative ai soli fine settimana. E mi sta sempre addosso per verificare che io abbia il controllo della situazione.

Sydney beve un sorso di vino con l'espressione serena. Bene, ha intenzione di tenere la bocca chiusa.

C'è silenzio nella stanza. Hanno tutti gli occhi puntati su di me.

«Beh?» insiste Kayla. «Stai finalmente ributtandoti nella mischia? Sono passati, quanti... Sei mesi?»

Ovvio che Kayla abbia tenuto il conto preciso. Ha la testa di papà per i numeri. E io ho interrotto il periodo di astinenza con il miglior sesso della mia vita. E anche lui ha detto la stessa cosa! È incredibile, giusto?

È stato incredibile dall'inizio alla fine perché eravamo così in sintonia. Spero che significhi che non sono la sola a sentirmi così.

«Sei mesi da quando?» chiede Wyatt.

«Immagino dal sesso, se devo intuirlo dalla sue guance arrossate» risponde Sydney.

«Non c'è niente in ballo!» esclamo. «Paige voleva vendere l'anello ed era suo, poteva farlo. Ecco tutto.» Bevo un lungo sorso d'acqua sentendo gli occhi di Wyatt su di me. Cerco di non dimenarmi.

Decido di anticipare ulteriori domande. Mi rivolgo a Kayla. «Anche se, ora che lo dici, sono contenta di non fingere più di essere fidanzata. È molto più facile non dover inventare storie complicate sul finto fidanzato. Mi piacerebbe pensare che se si avvicinasse un ragazzo carino potrei comportarmi in modo informale, come hanno sempre fatto gli uomini con me.» *Giusto. Ti sei innamorata di lui.*

Ehi, la cosa importante è che ho bloccato con successo ulteriori congetture da parte della mia famiglia. Nessuno potrebbe mai pensare che abbia fatto sesso e poi l'abbia pagato. O che mi piacerebbe sapere a che punto sono le cose tra di noi. Mangio un boccone di purè di patate solo per assicurarmi di non spifferare tutto.

Sento la gente che mi fissa. Mastico e deglutisco. «Che c'è?»

«Non mi sembri più tu» dice Wyatt.

Paige mi guarda a occhi stretti, come se sapesse che sto nascondendo qualcosa.

«Wyatt ha ragione» dice Kayla. «Non sei una persona da cose informali. Tu dai il cento per cento a tutto quello che fai.»

«Vero» dice Paige. «È il motivo per cui sei esausta, tra il tuo lavoro e la locanda.»

Mi siedo più diritta, tirando indietro le spalle, fiera di me. Paige *crede* che mi stia impegnando nel nostro progetto. È bello sapere di avere il suo rispetto.

Le mie sorelle e mio fratello mi fissano. Evito i loro sguardi e riprendo a mangiare.

In un raro momento di silenzio a tavola, Adam parla per la prima volta. Il mio futuro cognato ha l'età di Wyatt, trent'anni, è un uomo riservato, dai capelli scuri e sempre un velo di barba. «Wyatt, abbiamo fissato la data per il mio addio al celibato, il fine settimana prima del matrimonio. Tu ci sarai?»

Wyatt si strofina le mani. «Sì, certo. Che cosa faremo? Lo sta organizzando Drew, vero? Scommetto che sarà una cosa selvaggia.»

Adam fa uno dei suoi rari sorrisi. «Sì, sarà fantastico. Una battuta di pesca per soli uomini. L'intero fine settimana in tenda nell'Acadia National Park, su nel Maine.»

Kayla ridacchia. Wyatt non è mai stato in campeggio in vita sua. Viveva in città prima di trasferirsi qui e prima nella Silicon Valley in California. Non siamo mai andati a fare campeggio nemmeno da ragazzi.

Wyatt lancia un'occhiata a Sydney, praticamente implorandola di aiutarlo. Lei si limita a sorridere. Allora si rivolge a Adam. «C'è un albergo nelle vicinanze? Potrei farmi vivo per la parte divertente, la pesca.» Wyatt non è mai nemmeno andato a pescare.

Kayla dà una stretta alla spalla di Adam. «Ti avevo detto che non avrebbe potuto sopportare tutta quella natura.»

«Certo che posso» dice Wyatt. «Sarà fantastico. Con l'attrezzatura giusta...» Si rivolge a Paige, che ha viaggiato moltissimo. «Non sei andata a fare quel campeggio di lusso in Tanzania?»

«Sì» dice. «Le tende erano come stanze d'albergo, complete di personale.»

Wyatt la indica. «Facciamo così. Io assumerò il personale e scoprirò dove trovare alcune di quelle tende.»

Adam scuote la testa. «Io preferisco qualcosa di più naturale.»

Paige sorride dolcemente a Wyatt. «Sono sicura che potrai farcela per un fine settimana, in onore del tuo futuro cognato.»

«Tutto natura, baby» dice Sydney sogghignando.

Wyatt guarda Sydney a occhi stretti prima di rivolgersi a Kayla. «Le donne che cosa faranno per la festa di addio al nubilato?»

Kayla sorride. «Un giornata in un centro benessere.»

Wyatt stringe le labbra. Probabilmente preferirebbe passare una giornata in un centro benessere che nei grandi spazi aperti.

«Kayla è andata a pescare con Adam e si è divertita moltissimo» aggiungo io. «Non è quello che hai detto, Kayla?»

«Certamente» dice orgogliosamente.

Adam ridacchia ma non commenta. Scommetto che ha fatto lui tutto il lavoro e Kayla si è presentata con gli snack.

Wyatt espira rumorosamente e poi cambia argomento. «Le mie sorelle stanno tutte cambiando e progredendo. Kayla si sposerà presto, Paige ha superato l'ex-fidanzato e Brooke è nuovamente disposta a uscire. Ora posso rilassarmi, purché non ci siano stronzi nel futuro di Paige e Brooke.»

«Stai vedendo qualcuno?» mi chiede Paige.

Perché me lo ha chiesto quando Wyatt ha menzionato gli stronzi?

Agito una mano con indifferenza. «Vedo continuamente gente.»

Wyatt mi fissa. «Non sei mai stata capace di dissimulare una bugia.»

«Non sto mentendo!» esclamo. «Accidenti, possiamo tornare a parlare del matrimonio, per favore?»

Wyatt si china in avanti. «Dillo. Se hai un problema con un uomo, ci penserò...»

«Avete sentito il piagnucolio?» chiede Sydney a voce alta. «Sembra che Palla di Neve sia rinchiusa da qualche parte. Qualcuno ha chiuso la porta di una camera al piano di sopra?»

Wyatt si precipita fuori dalla stanza, pronto a salvare la piccola shi tzu che adora.

Rivolgo a Sydney uno sguardo riconoscente. Colgo Paige che mi guarda incuriosita. Mi sforzo di ringraziarla e torno a mangiare. Nessuno ha bisogno di sapere ciò che è successo con Max.

O quanto ho paura di essere da sola in questa vicenda.

~

Max

Mi sono buttato nel lavoro questa settimana, facendo doppi turni per accelerare i lavori alla locanda e finire contemporaneamente quelli al Bell. Ho lavorato da solo per tutto il fine settimana al Bell. Adesso siamo a giovedì e i miei muscoli protestano per tutto quello a cui li ho sottoposti. Non posso rallentare adesso. Siamo a metà aprile e dobbiamo occuparci del taglio dei prati e le pulizie di primavera per i clienti regolari. Vorrei potermi permettere più personale. Devo finire i lavori alla locanda in modo da potermi allontanare completamente da Brooke. È stato tutto un errore. Fare sesso alla locanda. La cena insieme che assomigliava pericolosamente a un appuntamento. Ricevere l'assegno subito dopo. Mi vengono in mente i gigolò.

È stato un errore. Prenderò l'ultimo pagamento e poi me ne andrò.

Metto in funzione la cascata al laghetto delle carpe koi e scorre veloce. Mi accuccio dietro e regolo il flusso perché rallenti. Mi siedo per un attimo su una panchina di pietra mentre arriva una lieve brezza, contento di tutto ciò che abbiamo realizzato all'esterno. Mancano solo le carpe koi. Aspetterò finché saranno state messe a dimora tutte le piante perché facciano ombra per impedire all'acqua del laghetto di surriscaldarsi. Con gli alberi più alti intorno al laghetto e alle panchine, sarà come un'area di meditazione. Abbiamo anche già costruito una cornice di pietra intorno al laghetto.

La mia mente va alla prossima voce nella mia agenda. Abbiamo piantumato l'orto. Manca il settore per i fiori da recidere e poi installeremo i pali per la recinzione tutto intorno. L'area gioco per i cani è in sospeso, in attesa dell'approvazione del municipio, dopo l'udienza pubblica, e potrebbe ridurre l'importo del progetto. Resterò un po' a corto ma spero che quello che riuscirò a dare a Liam basterà. Ho avuto un'altra offerta per la casa, questa volta da una ricca coppia di Brooklyn. Ho chiesto di avere una settimana per pensarci, dicendo che non ero sicuro di essere pronto. Poi hanno offerto una cifra ancora più alta.

Dovei vendere. Sarebbe la cosa logica da fare ma il mio cuore non me lo permette. Sono legato a quel posto e ai suoi ricordi. Voglio che resti in famiglia. Forse in futuro Skylar si sposerà e avrà dei figli a cui piacerà andarci. Quel futuro sarebbe impossibile se ci rinunciassi.

Mi alzo e mi stiracchio. Sarà meglio che cominci a piantare i fiori per il giardino. Esco dall'oasi pacifica, vado verso il giardino e mi fermo di colpo. Perché ci sono mucchi di terra?

Merda! Scout è riuscito a entrare in giardino e sta scavando, strappando tutte le piantine di verdura. La sua lunga coda si agita dietro una pianta di pomodoro legata a un sostegno.

«Scout, no!» Corro verso di lui agitando selvaggiamente le braccia. Lui corre a zig-zag attraverso il giardino, sbattendo contro le piante e poi lanciandosi direttamente verso di me.

Arretro. «Fermo, seduto!»

Scout mi salta addosso, sbattendomi sul petto le zampe

sporche mentre cerca di leccarmi la faccia. Lo spingo via. Niente guinzaglio né collare. Dov'è Brooke?

Espiro bruscamente e vado a ispezionare il danno, con Scout che mi segue. Ci sono buche in tre quarti dell'orto. Ci sono mucchi di terra dappertutto, foglioline sparse, radici esposte, carotine mezze masticate, supporti per i pomodori che pendono. Mi costerà caro. Non che abbia intenzione di pagare io il danno. È colpa di Brooke, che ha lasciato libero il cane. Mi costerà in tempo e non posso permettermelo. Tutto il lavoro extra che ho fatto è rovinato. Ho bisogno di quell'ultimo pagamento al completamento del progetto. Adesso dovrò ricominciare da capo con l'orto.

Mi accuccio per ripiantare qualche cipolla e Scout mi salta sulla schiena, cercando di strofinarsi contro di me. Mi alzo e lo squadro. «Ti sei divertito, vero?»

Lui mi passa tra le gambe correndo e mi gira intorno prima di inchinarsi, chiedendomi di giocare. Sta ansimando e sembra che sorrida. Qualcuno dovrà pagare. «Dov'è il tuo guinzaglio?»

Furioso, torno verso la casa proprio mentre Brooke, Paige e Spencer, lo chef dell'Horseman Inn svoltano l'angolo.

Brooke corre verso di noi. «Scout! Come hai fatto a uscire?»

«Il tuo cane ha distrutto l'orto!» urlo.

Lei cerca di afferrare Scout che le sfugge. «Il collare dev'essere rimasto attaccato al guinzaglio. L'avevo legato alla gamba dell'isola della cucina e stava dormendo.»

Scout corre verso di me, saltandomi sulla gamba. Lo spingo via e gli ordino di sedersi. Finalmente mi obbedisce. Lo tengo a posto afferrando il pelo del collo.

Brooke mi rivolge uno sguardo di scuse. «È terribile. Direi che voleva vederti, ma sembra che quello che voleva di più fosse scavare.»

Mi concentro su Scout perché ora che sono vicino a Brooke mi tornano in mente i ricordi che ho cercato con tutte le mie forze di dimenticare. I lunghi capelli che ricadevano intorno a me come una cortina di seta mentre era sopra di me, il viso in estasi. Devo aggrapparmi alla rabbia per mantenere le distanze. «Innanzitutto, perché l'hai portato qua?»

Indossa una gonna leggera color pesca e ha le gambe nude nei sandali col tacco. Mi viene la bocca secca.

«Lo porto con me solo quando sono qui per una visita breve. Oggi sono venuta solo per incontrare Spencer.» Guarda l'orto rovinato. «Ci farà perdere tempo. Comprerò le piantine nuove. Qualunque cosa tu pensi che non si possa salvare.»

Scout si agita sotto la mia mano; lo prendo in braccio e lui mi lecca il collo.

Brooke ci guarda. «Ti adora.»

«Lo vedo» dico seccamente. «Puoi prendere il collare e il guinzaglio in modo da contenere questa minaccia canina?»

«Sì, torniamo in cucina.»

«Immagino che dovremmo tornare dentro anche noi» dice Paige, comparendo al fianco di Brooke. Qui non c'è molto da vedere per Spencer.»

«Meglio così» dice Spencer. Meno di trent'anni, capelli castani corti, barba curata e un nonsoché nel passo che dice che è piuttosto presuntuoso riguardo alle sue capacità. «Adesso potete cominciare con quello che è più utile per me.»

Paige piega la testa e lo guarda. «E io che pensavo di avere assunto un consulente chef perché lavorasse con quello che abbiamo.»

«Ti manderò una lista» risponde lui abilmente.

Brooke e io torniamo verso casa con Paige e Spencer che ci seguono.

Spencer continua: «Come ho detto, non ho tempo per lavorare qui al mattino, ma potrei addestrare chiunque troviate a preparare i vari piatti».

«Solo me» dice Paige. «Sono la locandiera, quella che prepara la colazione e la lavapiatti.»

«Qualche esperienza in cucina?» chiede lui.

«Sono bravissima a ordinare il take-out e so imburrare magnificamente una fetta di pane tostato.»

Spencer raggiunge Brooke. «Per favore, dimmi che sai fare di meglio che non imburrare una fetta di pane tostato.»

«Io so preparare le uova strapazzate, ma sono qui solo part-time. Sono sicura che Paige possa imparare. Quanto può essere difficile?»

Spencer si ferma di colpo, guardando Paige e Brooke. «Mi stai dicendo che avrò due belle donne sotto di me da addestrare?»

«Sei licenziato» dice seccamente Paige.

«Paige!» esclama Brooke.

Paige indica Spencer. «Sotto di lui? No, noi siamo sopra. Siamo noi il *tuo* capo. Ti paghiamo noi.»

Mi si stringe lo stomaco al promemoria della mia stessa situazione. *Sesso. Pagamento.* Scout abbaia tra le mie braccia. Io continuo risolutamente a camminare verso casa.

Brooke e Paige mi seguono, discutendo se tenere o meno Spencer. Proprio di fronte a lui. Brooke dichiara che ne hanno bisogno e Paige dice che *chiunque* può preparare la colazione. Volto la testa. Sembra che Spencer si stia divertendo vedendole litigare per lui. Svitato.

Cammino più in fretta, voglio mettere il guinzaglio a Scout e tornare a lavorare. Devo ripulire l'orto per far posto alla nuova piantumazione. «Hai causato un mucchio di problemi» gli dico.

Scout alza lo sguardo su di me, con i grandi occhi marroni lucidi di adorazione canina. È difficile restare arrabbiati.

Il piano inferiore della casa è relativamente silenzioso quando entriamo. Sembra che la squadra si sia spostata al piano di sopra per lavorare alle camere e ai bagni. Porto Scout in cucina e lo metto sul pavimento accanto all'isola vicino al suo collare e al guinzaglio. Gli ordino di sedersi, tenendogli una mano sul collo.

Brooke corre dentro un momento dopo. Prende della carta da cucina e gli pulisce le zampe mentre io gli metto il collare. Respiro il profumo floreale di Brooke che ossessiona i miei sogni. È in ginocchio, come me. Scout è occupato ad annusare la mia mano. «Mi dispiace veramente tanto, Max. Scout non è abituato a tutte queste cose interessanti. Ha vissuto una vita molto ritirata con me, nel mio appartamento. Vivevo in un piccolo appartamento nel seminterrato di una casa con un cortiletto per lui. Poi è stato a casa di mia madre e adesso in quella di Wyatt, ma mio fratello riesce a tenere a bada i cani.»

«Com'è giusto.»

Brooke mi guarda negli occhi e la sua voce assume un tono nostalgico. «Penso che Scout sappia che sei una brava persona. Gli piaci veramente. Tanto.»

Il mio polso accelera e quando parlo la mia voce è roca. «Ringrazia Scout per me.»

C'è un momento di tensione tra di noi, mentre ci fissiamo negli occhi. E sono nuovamente attratto.

Scout mi lecca la faccia, facendomi tornare bruscamente alla realtà. Lo spingo via. «Basta baci bagnati.»

Brooke si alza in piedi e va al lavandino per lavarsi le mani. Io aggancio il guinzaglio di Scout al collare e lo tengo finché Brooke è pronta a occuparsene.

Paige si precipita dentro. «Non lo assumeremo. Per quello che mi importa, Spencer Wolf può andare al diavolo.»

Sembra che Spencer se ne sia andato.

«Ma Sydney dice che Spencer è uno chef molto dotato» risponde Brooke. «È una parte molto importante dell'esperienza di un B&B.»

Paige la guarda a occhi stretti. «È completamente inadatto.»

«Vabbè, gli piace flirtare» ribatte Brooke.

«Brooke, è il tipo di uomo che vorrebbe una cosa di gruppo!» indica loro due. «*Ménage à trois* e sono sicura che non sarebbe la prima volta.»

Cerco di non ridere quando Brooke ansima inorridita.

«No!» esclama Brooke. «*Non* è quello che ha detto.»

Paige stringe le labbra. «Due belle donne sotto di me... Come hai fatto a non sentirlo?» Gesticola furiosa. «Basta, è fuori.»

«No. Non possiamo non assumerlo. Abbiamo entrambe voce in capitolo.»

«Brucerò il suo biglietto da visita» dice Paige cupa.

«Sii ragionevole» la implora Brooke.

Paige guarda me. «Hai sentito anche tu quello che ho sentito anch'io? Un donnaiolo strafottente con cui sarà impossibile lavorare?»

«Hai assaggiato quello che cucina?» le chiedo. «Il menu dell'Horseman Inn ha fatto un salto di qualità da quando ha cominciato a lavorare lì. Tutta roba fresca, dal campo alla tavola. E ha veramente un buon sapore.»

Paige mi prende il guinzaglio di Scout. «Lo porto a fare una passeggiata.» E se ne va a grandi passi.

Brooke si appoggia pesantemente all'isola. «Abbiamo bisogno di lui. Non riesco a credere che abbia unilateralmente deciso di non assumerlo.»

«Siete co-proprietarie, quindi se tu lo vuoi, significa che non è finita.»

Brooke sospira. «Ho appena trovato la risposta perfetta, quando se n'è andata. Non è sempre così? Quando Kayla lavorava lì come cameriera, parlava con affetto di Spencer. Diceva che flirtava con tutti, ma che non significava niente.»

Mi sforzo di tenere il volto impassibile. «Vuoi che gli parli e gli chieda di mantenere il giusto comportamento professionale?»

Brooke

Mi viene da ridere. Max che parla di comportamento professionale dopo quello che abbiamo fatto insieme. Ma in qualche modo tutto ciò a cui riesco a pensare è quanto ho voglia di abbracciarlo, baciare tutta la sua bella faccia e poi strappargli i vestiti di dosso.

Lui mi rivolge un sorrisino sghembo. «Potrei farlo. Spencer Wolf – tra parentesi, un nome molto adatto a un tipo da *ménage à trois* – ascoltami: sii sempre rispettoso, mantieni le distanze, non...»

Lo interrompo con un bacio. Lui mi tira verso di sé, con la bocca famelica sulla mia. Il mondo si restringe a quanto lo desidero. Non ho mai sentito un'attrazione simile. Lo afferro per la maglietta e lo tiro indietro con me verso la dispensa. Ha una porta. Privacy. Ci sbatto contro e interrompo il bacio solo per il tempo necessario ad aprirla.

Lui mi segue, baciandomi mentre entriamo barcollando e chiude la porta alle nostre spalle. Di colpo non riesco più ad aspettare. Gli slaccio i jeans. Lui prende il controllo, liberandosi e poi sollevandomi. Gli metto le braccia intorno al collo mentre lui mi rialza la gonna e poi mi blocca contro la porta. *Sì, sì.*

Mi sposta la mutandine ed è dentro, fino in fondo. *Siìì!* Respiro con affanno, contenta e anche così sollevata di riaverlo.

Il piacere aumenta a ogni forte spinta, con le sue mani grandi che mi tengono ai fianchi, l'impeto dei suoi movimenti che mi solleva. E continua. Sento la pressione che sale sempre di più, il respiro che accelera. Max mi stacca da lui quel tanto che basta a infilare una mano tra di noi e strofinarmi. Io sobbalzo violentemente. Le sue dita sono magiche, le sue spinte profonde.

Piacere senza fine.

Fuoco. Sto andando a fuoco.

Sono così vicina.

Tremo e poi grido quando l'orgasmo mi travolge. Max mi copre la bocca con la sua, coprendo i miei gemiti mentre continua per arrivare al suo orgasmo, dandomi ondate di piacere. Sbatte dentro di me per l'ultima volta, gemendo contro il mio collo.

Cazzo, l'ho sedotto di nuovo e non gli ho detto quello che provo. Anche se non sono stata l'unica qui a sedurre. Stava flirtando anche lui.

Max mi bacia lungo il collo, come se non riuscisse ad averne abbastanza di me. Lo lascio fare, tirando indietro la testa verso la porta per facilitargli l'accesso. Sto ancora pulsando.

Lui solleva la testa, guardandomi negli occhi. «Non deve più succedere.»

«Invitami a casa tua stasera.»

«Siamo *professionisti*.»

Gli accarezzo la barba. «Mi piace troppo per smettere.»

Lui mi tiene il volto con una mano. «Direi che lo adori, non che ti piaccia solamente.»

Ci sorridiamo.

«Vieni a casa mia stasera» dice.

«Non posso. Devo lavorare.»

Lui mi solleva sfilandosi e mi dà una sculacciata. «Verrai e ti piacerà.»

«Vedremo.»

Lui sorride guardandomi con gli occhi dolci.

Non riesco a resistere e lo bacio di nuovo, sorridendo quando mi tiro indietro per guardarlo, sperando che riesca a vedere la verità nei miei occhi. *Sono innamorata di te.*

«Max?»

«Sì?»

«Brooke! Dove sei?» mi chiama Paige.

«Non importa» sussurro, sistemandomi in fretta i vestiti e uscendo in cucina. Si torna al lavoro.

11

———————

Brooke

Il giorno dopo, alla fine della giornata lavorativa, mi rilasso con Max nella cucina della locanda, chiacchierando con un drink in mano. Ho portato il mio Sauvignon Blanc preferito e ho insistito perché lo assaggiasse. Sono seduta all'isola della cucina e lui è appoggiato accanto a me.

Mi guarda. «Ancora stressata?»

Sorrido dandogli una spallata. «Mi hai decisamente aiutata con lo stress.» Abbiamo fatto sesso ieri sera a casa sua, dopo quello nella dispensa. Ieri sera mi sono scusata per il pessimo tempismo della consegna dell'assegno dopo la nostra prima volta ed è sembrato che capisse. Non so quanto fosse dovuto al desiderio e al fatto che eravamo da soli a casa sua, ma, ehi... Va di nuovo tutto bene tra di noi.

«È quel tipo di medicina di cui ti serve una dose giornaliera per ottenere il massimo effetto.» Mi mette una mano sulla guancia e mi tira vicino per un bacio. «Ordini del medico.»

Sorrido contro le sue labbra. «Quale medico?»

«Il dottor Amore.»

Mi stacco, ridendo anche mentre il mio polso accelera. «Mi sembra corretto.»

Lui beve un altro sorso di vino. «Questa roba comincia a piacermi.» Si ferma. «Aspetta, che cos'è corretto?» Faccio spallucce. «Il dottor Amore. Per me non è più una cosa così occasionale.»

Lui mi mette una mano sulla nuca, premendo la fronte contro la mia. «Sei pazza di me.»

Il mio cuore batte come quello di un uccellino contro la mia gabbia toracica. «Sì» dico piano. «E tu?»

Max appoggia il bicchiere e mi allarga le gambe, mettendosi in mezzo. «Pensavo che volessimo restare professionali, signorina Winters.»

«Max» dico incerta, mentre le sua mani grandi mi accarezzano l'esterno delle gambe sopra i jeans. Si fermano sui fianchi, tirandomi vicina finché sono completamente premuta contro di lui. Il desiderio va immediatamente alle stelle. Mi prende dalla mano il bicchiere di vino e lo appoggia accanto al suo. Il mio polso accelera.

Infila le dita tra i miei capelli, con la bocca appena sopra la mia. «Anch'io sono pazzo di te.»

Gli metto le braccia intorno al collo, con la felicità che trabocca. Max mi sfiora le labbra con le sue prima di tirarmi ancora più vicina. Si sposta, baciandomi lungo la mandibola, con la barba che strofina deliziosamente contro la mia pelle. Mi sfiora il collo coi denti prima di succhiare il tendine del collo. La mia testa ricade all'indietro mentre lui mi accarezza lentamente l'interno delle cosce. Sento l'eccitazione che aumenta, un pulsare insistente che chiede che mi tocchi.

La porta d'ingresso si apre scricchiolando e ci stacchiamo. Max si allontana e vedo mia sorella Paige che guarda la scena con gli occhi spalancati. Ho il cuore che batte come un tamburo. È partita per la città due ore fa. So che può apparire brutto. Noi due soli, in cucina con una bottiglia di vino. Io seduta sull'isola, Max accanto a me.

«Stiamo bevendo un bicchiere di vino dopo il lavoro» dico in tono allegro. «È stata una lunga settimana. Come mai non sei in città?»

Paige si avvicina, studiandomi le labbra e le guance,

entrambe probabilmente rosa, e i capelli, probabilmente arruffati dalle dita di Max. «Hanno cancellato il mio appuntamento di sabato mattina. Sono andata da Wyatt che non la smetteva di tormentarmi riguardo alla situazione finanziaria della locanda, quindi ho pensato che sarei potuta stare nel mio appartamento per avere un po' di pace e silenzio.» Indica me e Max. «Voi due...»

«Ci stiamo rilassando con un po' di vino» dico. «Sì.»

Lei si avvicina ancora, controllandomi il collo. Lo copro istintivamente con la mano. Bruciatura da barba, un piccolo morso, non so che cosa ci sia ma ho la sensazione che Max abbia lasciato qualche prova. «Brooke! Che diavolo! È così che passi il tempo quando me ne vado? Spassandotela con i subappaltatori?»

«Non tutti!» esclamo.

Max si irrigidisce. «Brooke è sempre stata professionale e io prendo sul serio questo lavoro. Era solo un drink dopo il lavoro.»

Page non ci casca. «Da quanto tempo vi state frequentando?»

«Non ci stiamo frequentando» dico. «Tranne che al lavoro. E, okay, sono andata a visitare la sua casa sul lago e abbiamo fatto un giro in barca. Contenta?»

Paige sbuffa. «Un giro in barca. Giusto. Io sono qui a farmi il culo giorno e notte mentre tu usi la nostra nuovissima cucina come il tuo personale parco giochi.»

«Non arrabbiarti con lei» dice Max. «La responsabilità è mia.»

«Max, no» dico. «L'ho sedotto io. Lui ha semplicemente accettato.»

Paige alza le mani. «Non ti interessa più la locanda, Brooke? Dimmelo adesso. Perché io ho investito tutti i miei risparmi in questa impresa, ed erano il *doppio* del tuo contributo e ho ridotto in modo significativo le mie ore lavorative per dedicarmici anima e corpo. Tu sei qui due giorni la settimana e usi quel tempo per sedurre uno dei nostri subappaltatori! Ti interessa o no che questa locanda abbia successo?

Perderemo anche la camicia, *io* perderò anche la camicia, se dovesse fallire.»

Guardo Max. «Probabilmente dovresti andartene. Paige e io dobbiamo fare un discorso serio e non voglio che tu sia coinvolto.»

«Sei sicura?» mi chiede.

Annuisco, commossa che voglia restare per dimostrarmi il suo sostegno. «Ti chiamerò più tardi.»

Max mi rivolge uno sguardo comprensivo, fa un cenno della testa a Paige ed esce.

Paige incrocia le braccia. «Allora? Mi sono buttata in questo progetto con una socia incapace?»

«Okay, posso anche non aver avuto tanti soldi come te da investire, ma ci ho messo tutti i miei risparmi. Ho rinunciato al mio appartamento per risparmiare e vivo con la mamma. Non è facile perché vuole continuamente sapere se mangio abbastanza, se dormo abbastanza, se trovo il tempo per allenarmi, cosa che non ho!»

Paige indica la porta d'ingresso. «Si potrebbe dire che è *lui* l'allenamento.» Scuote la testa, ed è veramente la sorella maggiore so-tutto-io. «Mai lasciarsi coinvolgere da qualcuno con cui lavori, specialmente quando sei tu che lo paghi. Davvero, Brooke, è così poco professionale da parte tua.»

«Non riesco a spiegartelo, lui...» Sospiro. «Ascolta, il successo della locanda mi interessa quanto a te. Non potevo rinunciare al lavoro retribuito ma sono riuscita a ottenere di lavorare da remoto, che poi significa lavorare anche durante il fine settimana perché non riesco a finirlo. Non ci sono abbastanza ore nelle giornate, sono continuamente stressata e Max è come un'oasi di calma in tutto quel caos.»

Paige fa un respiro profondo. «È una cosa seria?»

«Non lo so.» *Lo spero.*

La sua voce si addolcisce. «Allora troncala. È una distrazione e hai già abbastanza roba in ballo. Ho bisogno che tu sia concentrata sulla locanda nel poco tempo in cui sei qui.»

Mi sento stringere lo stomaco, ho una sensazione di malessere. Non voglio troncare con Max, mi sento bene quando sono con lui e non è solo il sesso. Amo il suo umorismo, il suo calore, il modo in cui tiene alla sua famiglia e al suo lavoro. È quella rara brava persona che sembro non riuscire mai a trovare. Come faccio a lasciarlo andare? Non posso. Tengo troppo a lui per farlo. Non oso pronunciare la parola *amore* a voce alta, ma lo sento nel profondo del mio cuore. Devo aspettare che il momento sia giusto.

La voce di Paige è comprensiva. «Ti sei innamorata di lui, vero? Ci caschi sempre e poi resti scottata.»

«Sto bene. Non resterò scottata.» Faccio un respiro profondo. «Non sono ancora pronta a lasciarlo andare.»

Paige mi dà un'occhiata scettica. «Come faccio a sapere di poter contare che tu faccia la tua parte quando sei tirata in troppe direzioni?»

Mi irrito, capendo che ancora una volta sono messa in discussione da mia sorella. Non voglio rinunciare a Max, ma potrei fare qualcosa per alleggerire la situazione. «Chiederò al mio capo se posso lavorare solo part-time. Servirà a ridurre la pressione e potrò concentrarmi di più sul lavoro qui. Gli proporrò di passare solo due giorni in ufficio e smetterò di lavorare da remoto. Potrò concentrarmi sulla locanda al cento per cento.»

«Puoi permettertelo?»

«Non è l'ideale ma, nel peggiore del casi, potrò sempre stare da Wyatt.» Il peggiore dei casi è se la locanda fallisse. Cerco di non dire mai quelle parole a voce alta, temendo di portare sfortuna alla nostra impresa.

Paige fa una smorfia. Vivere con Wyatt non è certamente l'alternativa che sceglierebbe lei. Ama essere indipendente.

«Comunque qui siamo vicini a finire. Ancora sette settimane. Volevo trovare del lavoro da consulente in zona mentre aiuto qui part-time, quindi avrei comunque lasciato il lavoro. È il momento giusto per passare al part-time.»

«Max sarà un problema? Se le cose non funzionassero, tu dovresti comunque vederlo qui al lavoro, che si aspetta di essere pagato.» Scuote la testa. «Mai impegolarsi con qualcuno che hai assunto.»

Alzo una mano. «Okay, capisco, ma è un po' tardi per i consigli da sorella maggiore.» Non riesco a trovare le parole per spiegare quello che mi fa Max, come mi sento bene quando sono con lui. Non è solo il tizio che lavora per realizzare il nostro giardino. È molto di più. «Sarà strettamente dopo l'orario di lavoro. Come stasera.»

Lei espira bruscamente. «Non so nemmeno che cos'altro è successo qui quando non c'ero.»

Nella mente mi lampeggia quella volta nella dispensa e la prima volta sul materasso gonfiabile nel suo appartamento. «Meglio che tu non lo sappia.»

Mi sistemo alla mia scrivania nell'open space dell'ufficio lunedì mattina, con i nervi a fior di pelle. Durante il fine settimana, ho mandato un'e-mail al mio capo, Bill, per fissare un incontro per oggi. Ha accettato ed è quasi ora. Ho preparato un discorso su come mi piacerebbe continuare a lavorare qui; potrei lavorare part-time, limitandomi a seguire un solo cliente. Perderei l'assicurazione sanitaria e i benefit ma, alla lunga, dovrebbe funzionare. Paige e io cercheremo di ottenere qualche benefit tramite la locanda una volta che saremo operative.

Sono così nervosa che sto sudando nella blusa gialla a fiori. L'ho abbinata a pantaloni neri e scarpe con i tacchi quadrati. Il mio solito abbigliamento da ufficio. Andrà tutto bene. Sono un'impiegata preziosa. Lavoro qui da quattro anni e ho sempre ricevuto ottime valutazioni sul mio operato. Sfortunatamente non si sono tradotte in maggiori responsabilità come capo architetto. Qui ho sempre un ruolo di supporto ed è il motivo per cui ero così eccitata di essere al comando nella ristrutturazione della locanda e nei progetti futuri che spero di avere incentrati su case di abitazione.

È ora.

Vado verso il suo grande ufficio circondato dai vetri ed entro, con un sorriso sul volto. «Buongiorno, Bill.» È un uomo alto, calvo, sulla sessantina, che veste sempre in modo impeccabile. Oggi indossa una camicia bianca, giacca e pantaloni grigi. Tutto fatto su misura.

Bill indica la porta. «Chiudila per favore.»

Sento il cuore in gola. Non è un buon segno. Chiudo la porta e mi siedo su una delle poltroncine arancio bruciato davanti alla sua scrivania di mogano. «Grazie per avermi ricevuta. Avevo una proposta riguardo le mie ore lavorative.

Lui alza una mano. «Brooke, intendiamo licenziarti.»

Sento il cuore che vuole uscire dal petto. «Cosa!? Perché?»

«Ascolta, non è mai facile. Dobbiamo fare dei tagli e, francamente, tu hai un piede fuori dalla porta da un po'. Il lavoro da remoto per me non va bene ed è stato irregolare da quando avete comprato la locanda a gennaio. La verità è che non possiamo permetterci di tenere qualcuno che non rende al massimo.»

Riesco a malapena a respirare, con la mente che corre insieme al mio cuore. Afferro i braccioli della sedia, cercando di ancorarmi. Mi lecco le labbra secche. «Okay, che ne dici di un part-time? Potrei lavorare con un solo cliente, in una posizione di supporto.»

«Riceverai quattro settimane di indennità di licenziamento. Per favore passa dalle Risorse Umane mentre esci.»

Resto a bocca aperta, lo stomaco annodato.

Bill sposta delle carte sulla scrivania, congedandomi.

Sento gli occhi bollenti. *Non piangere, non piangere.* «Sono l'unica a essere licenziata?»

«Altri tre dopo di te» dice. «Buona fortuna con la locanda.»

«Grazie» mormoro andando verso la porta con le gambe che tremano. Non riesco a crederci. Non ho più una rete di sicurezza. Puf. Andata. Adesso mi resta solo la locanda.

Torno alla mia scrivania come in una nebbia. Non sono mai stata licenziata in vita mia. Immagino che, tecnicamente, si tratti di una riduzione di personale, visto che non sono la sola. Ha detto che dovevano fare dei tagli. Era stato facile scegliere me, dato che non gli piaceva che lavorassi da remoto. *Merda.*

Il resto della mattina trascorre in uno stato di shock. Svuoto la mia scrivania, firmo qualche modulo, consegno il mio tesserino e poi vado a casa della mamma.

Scout è entusiasta di vedermi quando arrivo inaspettatamente a metà mattina. Gli metto le braccia intorno al collo e lui mi lecca le lacrime dalla faccia. La mamma è al lavoro all'università. Faccio un respiro tremante e vado in cucina a prendere il bloc notes che tiene accanto al telefono. Le lascio un messaggio veloce, dicendole che mi trasferirò a vivere da Wyatt per un periodo di tempo indeterminato. Le comunicherò i particolari questa sera. Non sono pronta a rivangare gli avvenimenti di stamattina. Il suo tono comprensivo mi farà piangere di nuovo. E non è il momento delle lacrime. Ho del lavoro da fare.

«Andremo a vivere con Wyatt» dico a Scout. «Ti piacerebbe giocare con Palla di Neve e Rexie?»

Lui mi corre intorno e abbaia.

«Okay, prepariamo la tua roba e andiamo. È ora di far diventare una realtà la locanda amica dei cani. Potrai collaudare tutte le sue caratteristiche. L'area gioco, gli ospiti canini, il tutto in una città amica degli animali.»

Lui piega la testa come se fosse confuso.

Io tiro su col naso e mi asciugo le lacrime. «Vedrai.»

Dopo aver lasciato Scout a casa di Wyatt con i suoi cugini cani, vado alla locanda, sorprendendo Paige che è al piano di sopra in una delle stanze degli ospiti con dei campioni di colore accanto a una parete.

«Che cosa ci fai qui?» mi chiede. «Hai già ottenuto di lavorare part-time?»

«Ho ottenuto di non lavorare per niente» dico con la voce che si spezza. «Mi hanno licenziato.»

«Oh no! Brooke! Mi dispiace. È stato perché hai chiesto di lavorare meno ore?»

«No. Dovevano ridurre il personale e il mio capo non era soddisfatto del mio lavoro da remoto. Ha detto che avevo comunque un piede fuori dalla porta dal momento in cui avevamo comprato la locanda. Visto? Avevo dedicato tutto il mio impegno alla nostra impresa.»

Paige mi abbraccia. «Mi dispiace di aver dubitato di te.» Si tira indietro. «La pressione è stata tanta per entrambe. Ci siamo quasi. Questa mattina ho cominciato a preparare un semplice sito web e Sydney ha detto che mi aiuterà a formulare un piano per il marketing. Una delle cose che ha menzionato è che dovremmo annunciare la nostra apertura alla cerimonia di inizio lavori del nuovo rifugio per gli animali, il mese prossimo. Sai, far circolare la voce tra tutte quelle persone che amano gli animali.»

Sorrido. «Mi sembra perfetto. La Locanda su Lovers' Lane. Pensi che dovremmo trovare un nome che faccia capire che accettiamo gli animali?»

«Ho appena comprato un dominio per "La Locanda su Lovers' Lane". Ah, che diavolo, possiamo sempre comprarne un altro se ci viene in mente un nome migliore. Sono solo soldi, giusto?»

Le do una stretta. «Terremo quello che abbiamo. Vado a controllare come vanno le cose con Gage. L'ho visto nel bagno della stanza padronale mentre venivo da te.»

«Skylar passerà verso le cinque per dare un'occhiata con me agli schemi di colori per le suite. Con noi, adesso. Dovresti unirti a noi.»

«Certamente.» Prendo il telefono e lo aggiungo al mio calendario.

Trovo Gage che, insieme a tre altri uomini, sta trasportando nel bagno padronale una vasca con i piedini di ferro. Aspetterò per parlargli.

Scendo e mi prendo un attimo per controllare la mia posta. Clicco su un'e-mail del Municipio. Mi si ribalta lo stomaco. *Negata.* Non hanno approvato la nostra richiesta di costruire un'area gioco per i cani! L'intera locanda è basata sul concetto che accetta i cani!

Corro verso le scale. «Paige!»

Lei appare in cima. «Ho appena ricevuto la stessa e-mail. I vicini devono aver fatto opposizione.» Corre dabbasso. «Che cosa faremo? Era il nostro tema.»

«Lo so, era quello che doveva farci distinguere dalla concorrenza. Abbiamo perfino aggiunto un patio per avere più spazio per i cani e i loro proprietari.» Mi si spezza la voce. «Ho ordinato delle ciotole per i cani e qualche targa con dei detti carini sui cani da appendere tutto intorno. Doveva essere un paradiso per Scout.»

«Merda.»

Ho lo stomaco sottosopra. L'intero concetto è stato ispirato da Scout e da quanto Summerdale sia amica degli animali. Hanno perfino un concorso di nuoto per cani nel lago Summerdale. Il mio progetto sta andando a rotoli. Sono mai stata in grado di assumere il ruolo di capo architetto? Probabilmente Bill ha visto qualcosa che io non vedevo. Non sono pronta per questa responsabilità. Avrei dovuto pensare a chiedere il permesso molto prima, ma non l'avevo fatto perché avevo sottovalutato l'impatto che avrebbe avuto sui vicini. Mi cadono le spalle. Che giornata di merda.

«Ci resta sempre la parte della colazione» dice Paige per consolarmi.

Sbuffo. «Ce l'ha ogni B&B. Che cosa abbiamo che non hanno tutti gli altri B&B nella zona?»

Paige borbotta qualcosa che non colgo. È persa, esattamente come me.

«Sarà meglio che vada a informare Max» dico mentre mi sto già avviando. Dovrà togliere l'area gioco dal suo progetto e significa che potrebbe finire qui ancora prima delle due settimane che aveva previsto.

Il suo pick-up non c'è. Vado nel cortile di dietro. Non è nemmeno lì. Strano. Non ha ancora finito i lavori. C'è ancora parecchio di fare: piantumare, aggiungere alberi alla proprietà... Non ha nemmeno lasciato qualcuno della squadra. Divento nervosa e digrigno i denti. Maledizione!

Prendo il telefono e lo chiamo. Appena risponde sbotto: «Dove sei?».

«Mi manca un uomo nella squadra e ho dovuto cominciare un altro progetto per non perdere il contratto. Tornerò alla locanda giovedì.» Oggi è lunedì. Non è accettabile.

«Quindi non siamo una priorità per te, ora che hai quasi finito?»

«Certo che lo siete, ma mi sto destreggiando con più di una priorità. Non preoccuparti, tornerò.»

«Non ci hanno approvato l'area gioco per i cani, quindi, indovina, potrai finire qui perfino più in fretta di quanto avessi originariamente pensato.»

«Merda. Era un pezzo importante del...»

«Puoi restituire il materiale per la recinzione e l'erba artificiale?»

«Lo spero proprio.»

«Max, devi tornare qui subito e finire quello che hai cominciato.»

«Te l'ho detto. Giovedì.»

«Se non sarai qui domani mattina, sei fuori.»

«Cosa!?»

«Ho bisogno di gente di cui mi posso fidare.»

«Brooke, che cosa sta succedendo? Mi sembri veramente agitata.»

Stringo le labbra, con gli occhi che diventano caldi.

«Stai bene?»

Mi esce tutto di colpo. «Ho perso il lavoro, l'intero concetto della locanda e adesso vorrei accelerare l'apertura, visto che non ho più uno stipendio regolare, ma non posso farlo se il giardino è mezzo piantumato e non c'è niente di quello promesso.»

«Gage ha finito la ristrutturazione?»

«Ho intenzione di parlare con lui adesso.» Non so quanto Gage possa accelerare i lavori. «Sinceramente, tutto quello a cui riesco a pensare adesso è che dovresti essere qui e non ci sei. Ho bisogno che faccia quello che avevi detto avresti fatto. Si chiama integrità professionale.»

«Mi dispiace per il tuo lavoro. Veramente. E so che sei sconvolta, ma non prendertela con me. Il lavoro sarà finito rispettando i tempi previsti.»

Sbuffo. «Se non posso contare su di te, allora scordatelo. Okay. Scordatelo e basta.»

«Bene. Sarò lì domani mattina.»

«Grazie.»

«Finirò per sabato e incasserò il mio ultimo pagamento.» Riappendo dopo un breve saluto.

Cammino avanti e indietro nel cortile. E non so perché non mi sento meglio. Finirà e se ne andrà. Non sono nemmeno sicura che avrà voglia di continuare a vedermi, visto che ho fatto valere la mia posizione di cliente incazzata. È la giornata più schifosa di sempre.

12

———

Max

Ho combinato un enorme casino. Ho accelerato i lavori alla locanda, finendo giovedì, più che altro per poter ricevere il pagamento finale e poi sono tornato in fretta nella proprietà in cui avevo cominciato i lavori, a qualche città di distanza, dal riccone che mi ha immediatamente licenziato. Era furioso perché avevamo fatto gli scavi e poi avevamo lasciato tutto in sospeso per tre giorni. Maledizione. Il passa parola in quella città avrebbe potuto rendere bene. E non ho ancora ricevuto l'ultimo pagamento da Brooke. Ha detto che avevano problemi di cassa e che non avrebbe potuto pagarmi fino a venerdì.

Parcheggio nella strada di fronte alla locanda. Siamo a venerdì, ho perso un cliente redditizio e voglio i miei soldi. Non solo li voglio, ne ho bisogno. Inoltre ho fatto tutto quello di cui avevamo parlato. Scendo dal pick-up e controllo il giardino davanti. Le piantine non hanno un bell'aspetto. Sembra che il gelo notturno abbia avuto la meglio. Dovrò sostituirle di tasca mia il mese prossimo. È sempre meglio aspettare maggio per le nuove piantumazioni. Lo so ma tra le pressioni di Brooke e mio fratello Liam che mi soffia sul collo mi sono comportato da irresponsabile. Mi aveva dato fino alla fine del mese, che è domani. Non potrà pagare il mutuo sulla casa se non venderò la nostra. Pensavo di avere risolto tutto e invece sta andando tutto a rotoli.

Accidenti ai geni dei Bellamy. Sono ricaduto nella mia vera natura, irresponsabile come papà. Prima sono stato irresponsabile col lavoro e poi con Brooke. I rapporti tra Brooke e Paige sono diventati tesi per colpa mia. Sapevo che non era professionale fare sesso con lei, ma non sono riuscito a farne a meno. Sarà un bene mettere un po' di distanza tra di noi. Tanto non è che l'avrei sposata. Non sono tagliato per il matrimonio. Avrei dovuto troncare prima che uno dei due sviluppasse sentimenti troppo profondi.

Resto lì per un momento, rimuginando su tutto quello che è andato storto nella mia vita. Tutto quello che ho fatto nel tentativo di salvare la casa della mia famiglia. È ora di affrontare i fatti. Liam perderà la fattoria se non vendo. Sarà presto padre e voglio che il mio nipotino, o nipotina, abbia una casa. Quindi è ora che venda la mia. Sono stato stupido a restarvi aggrappato così a lungo. Ho ricevuto un'offerta più alta del prezzo richiesto in partenza. Avevo ribattuto con una cifra ancora più alta ma hanno accettato. Prendo il telefono per fare la telefonata a Pete, il mio entusiasta agente immobiliare.

Appena risponde mi sforzo di parlare con tutta la calma che riesco a fingere. «Sono Max Bellamy. Procedi e accetta l'offerta per la casa.»

«Sì! Stai facendo la cosa giusta, Max. Non capita spesso di ricevere un'offerta come questa, superiore al livello di mercato. È d'oro! Chiamerò immediatamente il loro agente. Sarà tutto sistemato per lunedì.»

«Okay, grazie.»

Mi premo il palmo delle mani sugli occhi, con la gola chiusa per l'emozione. La mamma sarebbe sconvolta, perché ho venduto? Non c'è più per chiederglielo. Sono l'unico che piange la perdita di questo posto.

Lascio cadere le mani e mando un messaggio a Liam, includendo il prezzo sorprendentemente alto. Mi chiama immediatamente. «Ottima notizia, Max, e non potrebbe essere arrivata in un momento migliore. Abbiamo appena scoperto che avremo due gemelli. Stavo andando nel panico, tutta quella responsabilità per non parlare dei conti, e poi sei arrivato tu!»

Mi si stringe il petto. Spero che non abbia preso da nostro padre e abbandoni i figli. Cammino lungo la strada fino a un punto tranquillo. «Mi sembri papà quando parli di conti e responsabilità.»

«È perché diventerò padre. Se li consideri seriamente, i conti e la responsabilità sono un fardello enorme, ma sono sicuro che ne varrà la pena.»

Mi rilasso perché sembra così felice. «Congratulazione per i gemelli. È una notizia grandiosa.»

Lui ride. «Continuiamo a scherzarci sopra perché è stato uno shock enorme, sono sicuro che saremo pronti una volta che arriverà quel momento. Non sappiamo ancora il sesso, ma lo immagini? Due di tutto. È folle, ma nel migliore dei modi.»

Sorrido. «Sono veramente contento per te.»

«Grazie, fratello. E grazie per aver dato una mano alla mia famiglia in crescita.»

«Certo. È a questo che serve la famiglia.» Riappendo e vado verso la locanda. Ho fatto la cosa giusta vendendo. Ma non lo rende più facile.

Entro dalla porta già aperta e cerco Brooke. I lavori sono ancora in corso in entrambi i piani. È giorno di paga. L'assegno sarà ridotto per l'assenza dell'area gioco per i cani, ma ne ho un gran bisogno. Devo coprire i salari della squadra e darò a Liam tutto quello che resta. Non so quanto ci vorrà perché venga finalizzata la vendita della casa.

Trovo Brooke e Paige in cucina, piegate sul laptop, che sussurrano ferocemente.

«Ehi» dico, andando da loro.

Paige chiude in fretta il laptop e si raddrizza. «Metà delle piantine sulla parte davanti sono morte.»

«Un'ondata di gelo notturno, lo so. Le sostituirò il mese

prossimo, gratuitamente. Probabilmente era troppo presto per la piantumazione.»

«Ti pagheremo quando il lavoro sarà completato» dice Paige.

«Paige, ti ho detto che possiamo fidarci che torni» dice Brooke.

Paige la guarda storto. «Non mi posso fidare del tuo giudizio, dato che siete una coppia.»

Mi schiarisco la voce. «Vivo e lavoro in città. Finora questo è il mio progetto più grande e non farei mai niente per mettere in pericolo la mia reputazione.»

«Tranne andare a letto con la tua cliente» dice Paige sottovoce.

«Preparo l'assegno» dice Brooke, guardandomi direttamente negli occhi, con un tono freddo e professionale. «Ho tolto l'area gioco per i cani e la manodopera relativa. Sei riuscito a restituire il materiale?»

«Sì, meno il dieci per cento.»

Brooke si rivolge a Paige. «Non dovrebbe pagare lui quel dieci per cento. Non è stata colpa sua. Lo copriremo noi, lui penserà alla sostituzione delle piantine e saremo a posto.»

Paige scuote la testa. «La piantumazione era comunque una sua responsabilità. Pagamento finale alla fine dei lavori. È così che funzionano i contratti professionali. Oggi puoi fare un pagamento parziale.»

Cominciano a discutere ferocemente a bassa voce, voltandomi la schiena e allontanandosi.

Guardate che cos'ho fatto, ho causato ancora più tensione tra le due sorelle. Non avrei mai dovuto impegolarmi con Brooke. Paige non punterebbe tanto i piedi se non pensasse che Brooke mi sta ingiustamente favorendo.

«Non è così che conduco gli affari!» esclama Paige. «Bene! Vedremo come finirà. Solo non dirmi che non ti avevo avvisata.» Esce furiosa dalla stanza con la bocca tirata.

Brooke mi rivolge un debole sorriso. «Mi dispiace. Ti darò l'ultimo pagamento. So che manterrai la parola data e sono io che ti ho obbligato a finire in fretta i lavori.» Prende il libretto degli assegni, controlla due volte l'importo sul suo laptop e lo compila.

Mi agito a disagio. Irresponsabile. È il mio peggior difetto e guardate che cos'è successo. Ho perso un grosso cliente, ne ho deluso un altro. Le sorelle litigano per colpa mia. Volevo finire qui con delle brillanti raccomandazioni. Adesso Paige non mi rispetta e non ritiene che sia professionale. Brooke è gentile, ma so che cosa devo fare. È ora di uscire di scena.

Mi consegna l'assegno e lo infilo nella tasca posteriore. «Grazie.»

«Mi dispiace per prima. Paige e io ci stiamo scontrando parecchio ultimamente. Siamo sotto pressione con la locanda. Lei ha perso una grossa vendita nel suo altro lavoro e quindi siamo un po' a corto di fondi. Non è colpa tua.»

«Non voglio aggravare la pressione che state sopportando.» Faccio una pausa, abbassando la voce. «Ha ragione, sai. È stato poco professionale da parte mia superare quella linea.»

Lei alza il mento. «L'ho superata anch'io. Anzi, l'ho superata *per prima*.»

«Ma io ti ho seguito anche se sapevo che era sbagliato.» Guardo oltre la sua spalla, evitando di guardarla negli occhi. «Penso sia meglio che non ci vediamo più.»

«È per via di Paige o solo per me?» mi dice con una vocina sottile.

Mi sento stringere lo stomaco. «Cerca di capire, non sono un tipo da relazione seria. Fidati, meglio adesso che in futuro.»

«Oh.» Sbatte rapidamente gli occhi, apre la bocca e poi la richiude. «Se è quello che ritieni giusto.»

Faccio un passo indietro, devo mantenere le distanze. «Abbi cura di te, Brooke. Buona fortuna con la locanda.»

I suoi occhi verdi esprimono dolore mentre mi studia il volto.

Distolgo gli occhi, con lo stomaco sottosopra. Non ho mai voluto ferirla, ma è meglio così.

«Addio, Max» dice lei a bassa voce.

Esco, senza più responsabilità. Niente più casa, lavoro importante o donna. Solo io e il mio lavoro regolare di taglio dei prati e manutenzione ordinaria. Status quo. Dovrei sentirmi libero, euforico perfino, invece mi sento un fardello ancora peggiore sulle spalle.

~

Brooke

Due settimane di lavoro senza sosta alla locanda hanno lasciato il segno, ma riesco a vedere la luce in fondo al tunnel. È il primo fine settimana di maggio e sembra che riusciremo ad aprire la locanda in giugno. Perdere il lavoro è stata una benedizione. Avevo bisogno di passare più tempo qui e ho tolto un grosso peso dalle spalle di Paige. Dovrei essere entusiasta. Ma in ogni momento in cui non sto lavorando, il mio pensiero va a Max. Mi manca tantissimo. Paige aveva ragione. Ci casco in fretta e poi sono quella che resta ferita. Non so perché continuo ad abbassare le mie difese. È come se non potessi fare a meno di aprire il mio cuore, anche se dovrei sapere che non è il caso.

Questa volta era diverso, però. Non provavo solo un tiepido affetto nei confronti di Max. Mi ero innamorata. Max era diverso da ogni altro uomo che ho conosciuto. Mi sentivo al sicuro con lui ed eccitata allo stesso tempo. Non sapevo che nella vita reale potesse esistere una passione simile. Era sempre così sincero e diretto, un gradito cambio di passo. È stato sincero perfino quando ha rotto con me. Avrebbe semplicemente potuto andarsene con il suo assegno e non farsi più sentire.

Non capisco ancora che cosa è andato storto. Mi tormenta questa sensazione inquieta che tra di noi non è finita. Cammino avanti e indietro nella mia stanza a casa di Wyatt. È sabato sera e dovrei rilassarmi, ma è impossibile. Continuo a ripensare a quello che è successo con Max. È esattamente per quello che ho portato tanto a lungo l'anello di fidanzamento di Paige. Avevo bisogno di tempo per riprendere fiato dopo tante brutte esperienze e che cosa faccio? Mi innamoro del primo uomo che mi sorride.

Mi strofino la tempia. Max ha un gran sorriso, caldo e pieno di buonumore. Era il mio momento di gioia durante la giornata. E per tutto il tempo mi stavo innamorando sempre di più, mentre lui continuava a credere che stessimo solo divertendoci un po'. Ho pensato che intendesse qualcosa di più profondo quando diceva di essere pazzo di me come lo ero io di lui. Probabilmente stava solo ripetendo le mie parole, senza veramente pensarlo. In fondo *stavamo* per fare sesso un'altra volta.

Potrei andare a casa sua stasera e vuotare il sacco. Dirgli che sono innamorata di lui e che non voglio troncare. Kayla mi ha detto che Max ha venduto la sua casa e che la vendita sarà finalizzata la settimana prossima. Sta dando una grande festa per salutarla. È aperta a tutti e significa che chiunque in città può presentarsi. So che cosa significava quella casa per lui. Dev'essere così triste doverla abbandonare. Mi sento male per lui. Tanti ricordi di famiglia legati all'unica casa in cui è vissuto. Alcuni ricordi con membri della famiglia che non ci sono più.

Devo andarci per sostenere Max, da amica. Vado allo specchio sopra la cassettiera e mi ritocco il trucco. Posso farcela. Ha troncato lui e devo accettarlo. Dovrei semplicemente accettare la sua dichiarazione di non essere un tipo da relazioni serie. Ed è quello che vorrei io, quindi chiaramente non abbiamo un futuro.

Risucchio il fiato, cercando di non piangere. Non ho intenzione di fare una scenata o di cercare di riconquistarlo. Se è sconvolto per via della casa gli dirò semplicemente qualche parola di conforto. Non farò la figura della stupida dicendogli quello che provo per lui. Ma, se l'umore sembrerà giusto, dirò che spero di restare in contatto. Niente pressioni.

Mi rallegro, felice del mio piano. Manterrò la mia dignità e forse potremo continuare a vederci come amici. Non dovrò dirgli addio per sempre. Dopo tutto, lui è ancora amico della sua ex, Audrey. La gente lo fa. Beh, non è mai successo a me in passato, ma *è* possibile. Scendo e porto fuori i cani perché facciano pipì e poi chiudo la porta. Ci sono solo io adesso. Wyatt e Sydney sono al lavoro insieme all'Horseman Inn stasera e Paige è in città per il suo lavoro del fine settimana.

Vado a casa sua e nella mente mi passano i ricordi del tempo trascorso lì. Seduti sul terrazzo a chiacchierare, fuori in barca, nel suo letto. *Tornare a essere solo amici.* Sta soffrendo per la perdita della sua casa. *Ridurre le aspettative.* Me ne farò una ragione. Ecco tutto.

Quando arrivo ci sono alcune persone che non conosco, sedute in terrazzo a bere e chiacchierare. Entro e vedo Kayla, Audrey e Jenna sedute sul divano in soggiorno. Le raggiungo, sedendomi sul bracciolo vicino a mia sorella. Jenna è una bionda alta, proprietaria del Summerdale Sweets, la pasticceria in città. Audrey mi sorride con i suoi occhi azzurri gentili. E pensare che una volta ero gelosa del suo rapporto con Max. Ora abbiamo un ex in comune. Sento un dolore al petto. *Non pensarci.*

Kayla balza in piedi per abbracciarmi. «Sono lieta che sia venuta stasera. C'è da bere in cucina, Max si sta occupando del grill di fuori.»

«Grazie.» Sa che è successo qualcosa con Max perché Paige non ha nascosto il suo dispiacere per il fatto che siamo stati insieme. Wyatt l'ha sentita, ovviamente, dato che è successo tutto a casa sua. Sorprendentemente non ha commentato. Scommetto che Sydney gli ha fatto giurare di non intromettersi. Ha una buona influenza su di lui. Grazie al cielo perché non sarebbe la prima volta che si intromette nella vita mia (e in quella delle mie sorelle) tutto in nome della sua responsabilità come fratello maggiore.

«Come va?» chiedo.

«Bene» dice Audrey.

«E la locanda?» chiede Jenna.

Sorrido. «Sta venendo bene. Prevediamo di aprire in giugno. Dobbiamo trovare un nuovo tema. Hanno rifiutato il permesso per l'area gioco per i cani e stiamo cercando di trovare un nuovo concetto.»

«Come si chiama?» chiede Jenna.

«La Locanda su Lovers' Lane» dico. «Perché è alla fine di Lovers' Lane.»

Lei inarca la sopracciglia. «Ecco il vostro nuovo concetto. Coppie in luna di miele.»

«Non so se Summerdale sia una destinazione abbastanza esotica per quello.»

«Potrebbe diventarlo» dice Audrey. «Siamo come un'oasi per la gente di città. Tanta aria fresca e natura.»

Kayla mi afferra il braccio. «Matrimoni! Ricordi la cerimonia intima di Jenna a casa di Wyatt? È stata come una fuga d'amore, ma con la famiglia e gli amici. Poteste specializzarvi in fughe d'amore! È così romantico!»

Aggrotto le sopracciglia, riflettendo. «Non c'è un periodo d'attesa per ottenere la licenza di matrimonio?»

«Solo ventiquattr'ore» dice Jenna. «Ci siamo appena passati. Le coppie possono ottenerla ovunque nello stato e vale sessanta giorni. Tutto ciò che ti serve è un officiante. Potreste chiederlo a Levi, come sindaco, oppure una di voi potrebbe ottenere la licenza e l'altra fungere da testimone.»

Kayla batte le mani. «Adoro i matrimoni. È un giro d'affari enorme, Brooke. Una fuga d'amore in una locanda romantica sarebbe un'esperienza unica. Potrebbe esserci solo la coppia o anche la loro cerchia intima.»

«Fuga d'amore con la cerchia ristretta» dico. «Mi piace.»

Lei annuisce, entusiasta. «Non sarebbe nemmeno complicato. Fiori, cioccolato, champagne ed è fatta.»

Sorrido. «Sembra veramente un'idea meravigliosa. Dovrò parlarne con Paige, ma a me piace.»

«Potrei aiutarvi a preparare tutto» dice Kayla. «In questo modo farò parte anch'io della vostra impresa.»

Le metto un braccio sulle spalle e le do una stretta. È laureata in Biostatistica, quindi non l'abbiamo inclusa nell'impresa della locanda, pensando che non sarebbe stata interessata. Dev'essersi sentita tagliata fuori dalla nostra iniziativa.

«Mi piacerebbe. E poi sei tu l'esperta del wedding planning dopo aver aiutato a organizzare il matrimonio di Sydney e Wyatt e il tuo adesso.»

«Un giorno aiuterò te e Paige a organizzare il vostro» dice.

Le tolgo il braccio dalle spalle. «Sì, ma non trattenere il fiato.»

«Solo perché le cose non hanno funzionato questa volta non significa che non succederà mai» dice Kayla. «Non perdere la speranza, okay?»

Mi alzo. «Sì, certo. Vado a prendere da bere.»

«Chi stavi frequentando?» mi chiede Jenna.

Kayla risponde per me. «Max.»

Do un'occhiata ad Audrey, che una volta usciva con Max.

«È una brava persona» dice. «Che cosa è andato storto?»

Faccio spallucce. «È complicato. Spero di chiarire un paio di cose questa sera.»

«Ha troncato lui vero?» mi chiede Audrey.

«Come fai a saperlo?»

«A parte il fatto che stai facendo buon viso a cattiva sorte?» mi chiede con un sorriso gentile. «È sempre lui a troncare, per un nobile motivo o l'altro. Ha grossi problemi a impegnarsi. Ho sentito che aveva troncato una relazione durata cinque anni perché lei voleva sposarsi e lui non voleva illuderla, sapendo che non l'avrebbe mai sposata.»

Max ha avuto una relazione durata cinque anni? Non mi sembra una persona con problemi a impegnarsi. «Quindi è contrario al matrimonio?»

«Così sembra» dice Audrey alzando le spalle. «Ma chi lo sa? Forse è maturato. Ha ventinove anni e potrebbe vedere le cose in modo diverso rispetto a quando era più giovane. Non perdere le speranze.»

Non mi sembra molto rassicurante. E negli ultimi cinque minuti è la seconda persona a dirmi di non perdere le speranza. Sembro veramente triste come mi sento?

«Grazie» rispondo cercando di apparire tranquilla. Non so se questa dimostrazione di sostegno sia stata più demoralizzante o incoraggiante.

Vado in cucina a prendere da bere e trovo lì Max che parla con Skylar e un'altra ragazza bruna con un'espressione comprensiva sul volto. Sul tavolo della cucina c'è un vassoio di hamburger appena cotti e hot dog cui nessuno presta attenzione.

Max è già passato a un'altra?

È carina, lunghi capelli scuri, occhi color ambra. Aspettate, non è la Regina Fiocco di Neve del ballo del festival d'Inverno? Sembra diversa senza la corona e un abito da sera. Oggi ha una t-shirt sbiadita e jeans strappati.

Skylar apre la porta della dispensa e fa una fotografia delle otto righe che segnano la statura sua e dei suoi fratelli mentre crescevano. «Fanne una con me adesso» dice a Max, in piedi con la schiena contro lo stipite con le misure.

Max prende il telefono e scatta una fotografia. Poi l'altra donna li fa mettere entrambi in posa e scatta una foto.

«Grazie, Sloane» dice Skylar. Abbraccia Max. «Farò qualche fotografia della mia stanza. Voglio avere un ricordo del mio murale.»

«Certo» risponde piano Max.

Lei viene verso di me mentre esce e mi stringe il braccio. «È difficile dire addio a questo posto. Abbiamo appena scoperto che il nuovo proprietario intende demolirla e costruire al suo posto una grande casa a due piani.»

«Oh, mi dispiace tanto.»

Lei fa un cenno con la testa. «Grazie.»

«Vado ad avvisare che si può mangiare» dice Sloane.

Max le mette una mano sulla testa, esattamente come fa con Skylar. «Grazie. Potresti prendermi una birra dal frigorifero sul terrazzo intanto che sei fuori?»

«Certo.» Mi lancia un'occhiata. «Ciao.» Si rivolge a Max. «Sembra che ci sia qualcuno che vuole parlare con te.»

Max mi guarda, sorpreso. «Non sapevo che saresti venuta.»

Sloane mi saluta con la mano. «Sono Sloane, Max e io siamo solo amici, non preoccuparti.» Alza la mano. «Sono fidanzata, con il fratello di tua cognata in effetti, Caleb Robinson.»

Sa chi sono. Mi tranquillizzo, lieta che Max abbia parlato di me con la sua migliore amica. «Allora siamo praticamente di famiglia. Congratulazioni per il tuo fidanzamento.» Sto quasi per dirle che alla locanda organizzeremo matrimoni, ma non voglio farmi trascinare in una lunga conversazione. Devo parlare con Max da sola.

Lei indica il vassoio di cibo. «Vuoi qualcosa prima che lo porti alle masse?»

«No, grazie.»

Lei annuisce e porta il vassoio verso la porta che dà sul terrazzo. «Un po' di aiuto!»

Max corre ad aprirle la porta, poi torna in cucina e si appoggia al ripiano. «Immagino abbia sentito che ho venduto la casa.»

«Sì. So che è difficile per te lasciarla andare. Volevo solo fermarmi e vedere se stessi bene. È veramente un bel posto. Sai dove andrai a vivere?»

«Temporaneamente con Rob Murray.» Indica il terrazzo. «Il padre di Sloane. È il proprietario dell'officina di riparazione auto in città. È stato lui a darmi il mio primo lavoro e per me è come un padre. Dopo, immagino che cercherò di trovare qualcosa che mi posso permettere in città o vicino. Il mio lavoro è principalmente qui ma sto cercando di espandermi.»

«Come sta andando?»

Si passa la mano sui capelli. «Sono tornato al taglio dei prati e alla manutenzione. La crescita sarà più lenta di quello che vorrei, ma che ci vuoi fare.»

«Giusto.» Mi sento stringere il cuore. Sta passando un brutto momento, ma non ha a che fare con me. Tengo per me i miei sentimenti; non voglio gravare ulteriormente su di lui. Volevo solo assicurarmi che stesse bene. Faccio un passo indietro. «Ti lascio tornare alla tua festa.» Mi volto e mi allontano, con la gola stretta.

Mi fermo in soggiorno per salutare Kayla, Audrey e Jenna.

«Ma sei appena arrivata!» esclama Kayla.

«Ho visto Max» sussurro. «Abbiamo parlato. Sta soffrendo per la perdita della sua casa di famiglia. Penso che lo rallegrerà di più parlare con i suoi amici e sua sorella.»

Kayla mi stringe la mano, comprensiva. «Puoi stare con noi. Adam stasera sta lavorando nel suo laboratorio. Non gli piacciono le feste affollate.»

Sono solo lei e Audrey, adesso. Jenna è con suo marito, Eli, dall'altra parte della stanza.

Proprio in quel momento un uomo con i capelli scuri lunghetti e una guancia velata di barba si avvicina con un bicchiere di plastica. Oh, è il fratello maggiore di Sydney, Drew. È il proprietario del dojo qui in città. È intenso e silenzioso. Potenza appena tenuta a freno.

Drew porge il bicchiere ad Audrey. «Tieni, è Pinot grigio.»

«Drew, non ti avevo visto arrivare» esclama Audrey sorpresa.

Lui si massaggia la nuca. «Sono appena arrivato.»

«Il solito ninja» dice Audrey. «Come fai a sapere che è il mio vino preferito?»

«Lo ordini sempre al bar. Esattamente lo stesso ogni volta, regolare come un orologio.»

Audrey stringe le labbra. «Grazie. A volte espando i miei orizzonti, nelle occasioni speciali.»

Kayla si inserisce. «L'hai portato tu? Non ho visto il Pinot grigio in cucina.»

A Drew diventano rosse le punte delle orecchie. «Era lì» borbotta. Poi, in tono educato, chiede a me e a Kayla: «Posso portarvi qualcosa?».

Kayla alza il suo bicchiere. «Sto bevendo il mio Chardonnay. Grazie.»

«Io stavo per andarmene.»

Drew si ficca le mani nelle tasche dei jeans. Non beve, non parla. È solo lì, con gli occhi fissi su Audrey.

Con le guance arrossate, lei beve un sorso. «Molto buono. Ha esattamente lo stesso sapore di quello che compro per casa mia.»

Drew si rilassa un pochino. Mi chiedo se abbia chiesto a Sydney quale tipo prendere e lo abbia comprato lui.

«Hai letto qualche bel libro ultimamente?» gli chiede Audrey.

La saluto agitando una mano. Lei mi sorride. Kayla fa una faccia triste. *Scusa*. Non resto, visto che Max non sembra volermi nel modo in cui io voglio lui. Ha troncato lui, devo accettarlo e voltare pagina.

Vado alla porta e mi affretto a scendere le scale. Sono a metà strada verso la mia auto quando mi sento chiamare.

«Brooke, aspetta!»

Mi blocco e mi volto lentamente, con il cuore che vuole uscire dal petto.

Max scende velocemente le scale e viene da me. Vicino. Ha la voce roca quando dice: «Resta».

13
———

Max

«Sono rimasto sorpreso quando ti ho rivista» dico, cercando le parole giuste. «Sono state due settimane d'inferno.»

Brooke studia la mia espressione. «Okay.»

La prendo per mano e la guido verso la riva del lago. «Aspetta qui. Torno subito con una coperta per sederci.»

Lei annuisce.

Torno in fretta nel seminterrato e prendo una grande coperta verde. Torno altrettanto in fretta sulla spiaggia, temendo che se ne sia andata. Non sono stato caloroso con lei come avrei dovuto. Mi è mancata tanto che è stato come un dolore senza fine. Non mi ero reso conto di quanto la mia tristezza nelle ultime due settimane dipendesse da quello, finché non l'ho rivista. Pensavo fosse solo perché avevo perduto la casa. Forse stavo usando quella scusa in modo da non dover affrontare la perdita della cosa migliore che mi era mai successa. Non sono pronto a dirle addio.

Stendo la coperta e le indico di sedersi. Lo fa, a gambe incrociate.

Mi siedo accanto a lei. «Sono contento che sia passata questa sera.»

«Mi sei mancato in giro per la locanda» dice lei a bassa voce.

«Sono mancato anche a Paige? Ho avuto l'impressione che pensasse che il mio lavoro era scadente e che io non fossi professionale.»

Lei si volta verso di me, fissandomi con i suoi occhi verdi. «Mi sei mancato. E non voglio farti pressioni perché tu dica la stessa cosa o roba simile. Spero che potremo essere amici.»

«Amici» ripeto, spiazzato.

«Un'amica. Sei ancora amico di Audrey. Sembra sia una tua abitudine.»

«Non provo per loro le stesse cose che provo per te.»

Lei stringe le labbra e continua a guardarmi con gli occhi dolci. «Che cosa provi per me?»

«Non quello che provo per mia sorella, o un'amica. Io, uhm...» Cerco le parole. «Ecco che cosa c'è. Ho fatto il contrario di quello che volevo vendendo la casa. Era la cosa responsabile da fare, giusto? E ho pensato di agire responsabilmente troncando con te, che è l'opposto di quello che volevo e vorrei almeno tornare indietro su questo punto.»

«Perché sono un antistress?»

Mi chino verso di lei. «Il miglior antistress della mia vita.»

Lei fissa il lago per un lungo momento. «Giusto. Il fatto è che mi sembra di avere male interpretato la situazione tra di noi e adesso capisco. Avevi detto che impegnarti non era nel tuo stile.» Esita, aggrottando le sopracciglia. «Almeno non con me. Sarà meglio che vada.» Si alza in piedi.

Mi alzo anch'io. «Tutto qui?»

Lei fa spallucce. «Non credo ci sia altro da dire. Ho una lunga storia alle spalle di scelte sbagliate in fatto di uomini. Alla fine resto sempre ferita. Come adesso e...» La sua voce si spezza. «Sono così maledettamente stufa.»

«Non è mai stata mia intenzione ferirti.»

Lei stringe le labbra, distogliendo lo sguardo.

Audrey mi aveva definito "quello sbagliato", il contrario di "quello giusto". Forse è così. Sembra che riesca a mandare in malora tutte le relazioni. Forse lo faccio perché so che, alla lunga, non sarei in grado di accettare la responsabilità che comporta un impegno.

Allora perché mi sembra di avere il piombo nello stomaco al pensiero di un altro addio? Sono io il problema oppure le sue passate esperienze?

«C'è qualcosa che ti farebbe cambiare idea?» le chiedo, cercando di non sembrare disperato. Ha detto di avere una storia di uomini sbagliati alle spalle. Detesto pensare che, nella sua mente, io faccio parte di quella lista.

Brooke mi rivolge un sorriso triste e mi dà una stretta al braccio prima di allontanarsi.

La fisso, frugandomi nella mente e cercando di capire come sistemare le cose. «Che cosa vuoi?» grido.

Lei si volta. «Non questo.»

Mi si stringe il petto. Non poteva essere più chiara di così. Non sono quello che vuole.

Brooke se ne va.

Ricado sulla coperta e fisso, senza vederla, l'acqua che per me è stata una costante compagna. Non ho più radici. Sono libero, completamente libero da ogni legame, devo rispondere solo a me stesso.

Sono così perso.

Brooke

Una settimana dopo Paige e io partecipiamo alla cerimonia del taglio del nastro per il Rifugio per Animali di Summerdale. C'è una bella folla. Abbiamo portato le nostre lucide brochure per annunciare l'apertura della locanda. Finalmente la fine è in vista. La ristrutturazione è stata completata. Stiamo aggiungendo gli ultimi tocchi all'interno e apriremo tra due settimane, per il fine settimana del Memorial Day alla fine di maggio. Siamo al completo quel fine settimana con una sola cliente. Harper Ellis, la famosa attrice che è cresciuta qui ha prenotato tutta la locanda. Porterà suo marito, Garrett Rourke, la sua guardia del corpo, una bambinaia che l'aiuta con sua figlia Caroline, oltre a un'altra coppia, l'attrice Josie Abbott e suo marito, Sean Rourke. Garrett e Sean sono fratelli e fanno parte della famiglia reale dei Rourke, anche se sono cresciuti a Brooklyn. La nonna di Harper resterà nella suite al pianterreno, anche se vive a Summerdale, perché vuole passare ogni minuto con la sua pronipotina Caroline. Se la fama di queste due attrici non farà un po' di pubblicità alla locanda, ci penserà il legame con la famiglia reale. Tutto sommato non potevamo sperare in un'apertura migliore.

Grazie al suggerimento di Kayla, il nuovo concetto della Locanda su Lovers' Lane è il romanticismo. Invece di essere l'unica locanda amica dei cani dei dintorni, siamo il posto per le fughe d'amore. Se qualcuno cerca un rifugio per un soggiorno intimo e romantico, noi siamo qui. Speriamo che le coppie tornino per festeggiare i loro anniversari. Lo confesso: è Kayla la mente dietro a tutta quella roba romantica. Paige e io abbiamo ben poca esperienza a cui attingere e non abbiamo l'immaginazione della nostra sorellina.

Kayla ha fatto un passo in più e ci ha messo in contatto con la sua wedding planner a Clover Park, Hailey Campbell, che era stata lieta di darci consigli e si era perfino offerta di indirizzare qui le coppie che desideravano un matrimonio intimo. Il sindaco Levi ha accettato di essere l'officiante quando servirà. Stiamo anche facendoci pubblicità sulle riviste da sposa. Se solo riuscissimo ad avere una coppia che preferisce una fuga d'amore saremmo a posto. Ironico che Paige e io, senza una relazione seria e ben lontane da un matrimonio, siamo responsabili della beatitudine matrimoniale di altri.

Mi manca Max, ma mi dico che è meglio così. Voleva solo un rapporto casuale e cito: "il miglior antistress che abbia mai avuto". Non posso biasimarlo perché non è al punto in cui sono io, ma voglio di più per me: una relazione con un futuro.

Risuona il feedback di un microfono, riportandomi al presente. Il dottor Dominic Russo, il veterinario che ha capeggiato l'iniziativa, ha il microfono in mano davanti a un grande nastro rosso. È sulla trentina, capelli corti castano scuro e dolci occhi marroni, vestito bene con una camicia azzurra e pantaloni blu scuro. Ha in braccio un Boston terrier, che ha le zampe appoggiate alla sua spalla. Il cane sembra piuttosto vecchio e altezzoso, come se fosse superiore a tutto questo trambusto.

Accanto al dottor Russo ci sono i primi Re Gelo e Regina Fiocco di Neve – Caleb Robinson e Sloane Murray – con la corona e la fascia. Sono una coppia carina. Caleb è famoso perché è un modello con alcune campagne importanti alle spalle e Wyatt recentemente mi ha fatto guardare lo show di riparazione auto di Sloane, su Turbo Channel. Non avevo idea che ci fosse, dato che non guardo quel canale. Ha debuttato un paio di settimane fa. A Wyatt piace talmente che dice di voler imparare a riparare le auto d'epoca. Io penso che voglia solo avere una scusa per comprare delle auto. Comunque lo incoraggio perché è sempre meglio quando Wyatt si concentra su qualcosa che non siano le sue sorelle.

«Grazie per essere venuti oggi per sostenere il primo rifugio per animali di Summerdale. Sono il dottor Russo, il vostro veterinario locale e questo è PJ. Abbreviazione di Pretty Jaded, piuttosto tediato.» Si gira in modo che possiamo vedere l'espressione altezzosa del Boston terrier.

La folla ride.

Il dottor Russo passa il microfono a Caleb che sorride dicendo: «Posso personalmente garantire per i meravigliosi animali disponibili per l'adozione. Il dottor Russo si prende buona cura di loro e ha una rete di volontari che li portano a spasso e li aiutano a socializzare. Ho adottato da lui il mio Siberian husky, Huckleberry, e non potrei essere più felice».

Sloane tira il microfono verso di lei. «Per favore, ignorate il nome ridicolo. È un cane molto intelligente e molto più dignitoso di quello che indicherebbe il nome.»

Ridono di nuovo tutti.

Caleb si riprende il microfono. «È uno stupidotto. Lo avrei portato qua oggi, ma si eccita se c'è una folla e cerca di mettersi in mostra. Diversamente da PJ che è il signor Pacatezza in persona.» Consegna il microfono al dottor Russo che sorride. «È vero. PJ ha dodici anni ed è disponibile per l'adozione, quindi se volete un cane che vi sonnecchierà in grembo per tutto il giorno, è quello giusto per voi. PJ e io vogliamo ringraziarvi per essere venuti oggi. Il sostegno che ho trovato a Summerdale per il rifugio e per tutti gli animali bisognosi è stato enorme. Se volete vedere il progetto, lo trovate nella sala d'attesa del mio studio. Vi elencherò solo i punti salienti: una sala per i gatti, con le gabbie e uno spazio in cui potranno arrampicarsi e giocare, una sala grande per i cani con un'area recintata dietro la proprietà in cui farli giocare.»

Paige e io ci scambiato un'occhiata. Era l'idea di un'area gioco per i cani che abbiamo cercato di far approvare. Anche se questa sarà riservata ai cani del rifugio e non ci sono case nelle vicinanze. Lo studio del dottor Russo è alla periferia della città sulla Route 15, la strada principale che porta fuori da Summerdale.

Il dottor Russo continua: «Ci sarà una sala di ricevimento e una privata in cui chi vuole adottare un animale potrà incontrarlo a faccia a faccia. In effetti, abbiamo un paio di gatti e qualche cane disponibili per l'adozione proprio oggi se vorrete vederli nel mio studio dopo questa cerimonia. Fatelo, per favore».

Il sindaco Levi Appleton, un uomo attraente con una barba piena, si avvicina dicendo al microfono: «Darò un'occhiata ai cani». Porge al dottor Russo un paio di forbici.

Il dottor Russo non ha finito il suo discorso per le adozioni. «Perfetto. Ci sono state parecchie adozioni di successo. I cani che abbiamo adesso hanno tutti un buon carattere. Come questo tizio.» Solleva PJ e poi lo mette a terra. PJ alza immediatamente la testa verso di lui come se volesse essere ripreso in braccio.

Una donna con una macchina fotografica è lì per riprendere l'evento per il locale giornale online, il *Summerdale Sheet*. Ho dato un'occhiata al giornale: per la maggior parte si tratta di notizie locali, incluso il bollettino della polizia con i crimini più buffi che abbia mai visto, perlopiù oggetti scomparsi che poi vengono ritrovati o rumori che si sono rivelati eventi naturali. Certo che qui tengono occupati i poliziotti. Ah-ah.

Il dottor Russo finalmente taglia il nastro. Tutti applaudono. Mia cognata, Sydney, e Spencer, lo chef dell'Horseman Inn, portano fuori un carrello con una grande torta rettangolare. È decorata con le facce di un cane e di un gatto e dice: Congratulazioni! Re Gelo e la Regina Fiocco di Neve posano con il dottor Russo per la foto con la torta poi Caleb comincia a tagliare le fette mentre Sloane le distribuisce. Il dottor Russo è attorniato dalla gente che gli fa gli auguri.

Spencer si allontana con Sydney e saluta me e Paige quando ci passa accanto. Paige gli rivolge un'occhiata impassibile. Io sorrido. Abbiamo lavorato con lui per arrivare a formulare un menu che sia appetitoso e anche non troppo difficile da cucinare per me e Paige. Paige è sempre fredda con lui, dice che è arrogante e un donnaiolo. Spencer ha buoni motivi per essere, diciamo, sicuro di sé. È un cuoco eccezionale e ho scoperto che è un ottimo insegnante. Paziente e meticoloso. Loda sempre i nostri sforzi. Paige insiste a dire che le sue lodi sono sospette e che vuole semplicemente provarci con una di noi, o tutte e due. Chi può biasimare Paige per il suo atteggiamento nei confronti dei donnaioli? Il suo ex fidanzato aveva la reputazione di essere uno sciupafemmine prima che cominciasse a frequentare lei. Tutti dicevano che era cambiato quando si era innamorato, e anche Paige lo aveva creduto. Poi si era tirato indietro una settimana prima del matrimonio, scappando con un'assistente di volo che aveva appena conosciuto.

La folla si disperde, alcuni chiacchierano mentre mangiano la torta, alcuni sono diretti allo studio del veterinario per vedere gli animali da adottare. Abbiamo lasciato le nostre brochure nella sala d'attesa accanto ai progetti per il rifugio. Speriamo che in molti siano diretti lì. Non volevo lasciarle all'aperto per evitare che la brezza le facesse volare via.

«Che ne diresti di un animale domestico per la locanda? Un cane o un gatto. Potrebbe rendere l'atmosfera più accogliente per gli ospiti.»

«Uh, no. E se qualcuno fosse allergico?»

«Non ce ne eravamo preoccupati quando il tema erano i cani.»

«Sì, ma era solo perché era quello il concetto che volevamo usare per il nostro marketing, quindi le sole persone interessate avrebbero già avuto un cane.» Si guarda intorno. «Sono contenta di avere virato sul tema delle fughe d'amore. Allarga la platea della gente che potrebbe prenotare la locanda.»

«Coppie innamorate.»

«E le loro famiglie e amici intimi. Usiamo il concetto di fuga d'amore, ma diciamo anche che ci sono stanze per i loro ospiti, in modo che possano condividere il felice evento. E possiamo organizzare un bel ricevimento nel patio o sotto una tenda nel cortile. Kayla è fantastica.»

«Avremmo dovuto includerla di più.»

Paige annuisce. «Credevo che non avrebbe voluto, occupata com'è con il matrimonio e la sua carriera, ma ha quel tocco di romanticismo che a noi manca.» Riceve un messaggio e lo controlla. «Parlando del diavolo, la nostra dolce sorellina è appena arrivata. Vuole che ci vediamo davanti allo studio.

«Misteriosa. Pensi che abbia adottato un cane?»

Lei sorride. «La maggior parte dei cani potrebbe far mangiare la polvere a Tank. Sarebbe divertente.» Tank è il bulldog inglese con cui vive Kayla dopo essersi trasferita a casa del suo fidanzato, Adam. È talmente pigro che cammina solo per metà della solita passeggiata e poi Kayla lo tira per il resto della strada in un carretto rosso con la tenda e un ventilatore. Lo vizia in modo incredibile.

Paige e io ci facciamo strada tra la folla fermandoci a

chiacchierare con la gente che conosciamo. Summerdale sembra sempre di più casa mia. Abbiamo conosciuto un mucchio di gente grazie a Wyatt e Sydney.

Nel terreno di fronte, Kayla ci saluta, accanto a Max e al suo pick-up con la scritta BELLAMY LANDSCAPES.

Sento il cuore che batte forte. Gli occhi azzurri di Max sono fissi nei miei e sembrano seri. In mano ha un mazzo di rose.

Kayla agita le dita e si dirige verso lo studio del veterinario.

«Dagli una possibilità» dice Paige sottovoce. «Voleva fare un grande gesto. Kayla e io l'abbiamo aiutato.»

Volto di colpo la testa verso di lei. «L'hai aiutato? Quando hai trovato il tempo?»

«Questa mattina presto. Vado a mettermi accanto alle brochure e pubblicizzerò la locanda. Tu occupati di Romeo.» E si allontana.

Mi trovo di fianco a lui perfino prima di accorgermi di essermi mossa. «Ciao.»

Mi porge il mazzo di rose. «Per te.»

Le prendo, annusandole. È solo la seconda volta in cui ricevo delle rose. La prima volta era stata durante un recital di ballo quando ero una bambina. «Grazie.»

«Vieni a fare un giro in auto con me. Voglio mostrarti una cosa.»

Accetto.

Lui mi apre la portiera, mi aiuta a salire e poi la richiude. C'è una scatoletta dorata legata con un nastro, della mia cioccolateria preferita nel New Jersey.

Max si mette alla guida e mi porge la scatoletta. «Kayla mi ha detto quali erano i tuoi preferiti. Sono andato ieri a prenderli.»

«Max, non so che cosa dire. Non ti sento da una settimana e... Immagino di aver pensato che avessi voltato pagina.»

Lui scuote la testa. «Non è possibile.» Mette in moto il pick-up ed esce dal parcheggio. «Sto imparando a non pensare al passato e mi ha aiutato a essere più aperto e avere più fiducia nel futuro.»

Sento le farfalle nello stomaco. Sembra promettente. «Ti riferisci alla tua casa?»

«La casa e tutti i ricordi collegati. Questa settimana c'è stato il rogito, ho ricevuto l'assegno e ho versato la loro parte a mio fratello e mia sorella. È un nuovo inizio per me, ed era ora.»

Resto in silenzio pensando a ciò che significherà: un nuovo inizio per Max. Vive a Summerdale da tutta la vita; il suo lavoro è qui. Pensa di trasferirsi da qualche altra parte? Iniziare una nuova carriera? Ha qualcosa a che fare con noi?

«Anch'io sto ricominciando da capo» dico. «Adesso il mio lavoro è alla locanda, qui a Summerdale. Spero di riuscire a ottenere qualche progetto come architetto e comprare un posto tutto mio, un giorno. In effetti c'è un cottage malridotto sull'angolo di Lovers' Lane che sarebbe l'ideale, ma per ora non me lo posso permettere.»

«Che cosa ne faresti? Lo abbatteresti per costruire una casa più grande?»

«Assolutamente no. È così carino. Mi ricorda un vecchio cottage inglese, con gli scuri e le fioriere alle finestre. Rinnoverei l'interno, sistemerai la parte esterna; poi forse, col tempo, potrei aggiungere qualche stanza sul retro per avere più spazio. Ho notato una dépendance separata sul retro. A quando pare doveva essere lo studio di un artista. Poi sono falliti e hanno dovuto vendere.»

«Ne sai parecchio.»

Guardo fuori dalla finestra, capendo che cosa intende fare. Stiamo andando verso Lovers' Lane. «È stato Wyatt che me l'ha fatto notare e me ne ha raccontato la storia. Sa che sono sempre curiosa quando si tratta di case interessanti.»

«Bello.» Accelera, sorpassando il vecchio cottage mentre proseguiamo per la strada.

Indico fuori dal finestrino, allungando il collo per vederlo. «Eccolo.»

Max rallenta di nuovo, guidando verso la locanda. Dev'essere dov'è diretto. Non c'è niente altro su questa strada, tranne qualche casa.

«C'è qualcosa in ballo alla locanda?» gli chiedo.

«Vedrai.»

Lui svolta nel viale, parcheggia e scende. Salto giù anch'io, morendo di curiosità. E mi fermo di colpo, portandomi una mano alla bocca. Non solo Max ha messo a dimora le piante lungo il vialetto e davanti alla locanda come aveva promesso, ma ha anche piantato tanti fiori. C'è un cespuglio di rose, tulipani rossi e rosa, allegre margherite e altri fiori che non riconosco. Un'esplosione di colore.

Max compare al mio fianco. «Questi sono solo i fiori primaverili.» Poi indica con il dito. «Quella pianta produrrà fiori rosa in estate e qui la fioritura cambierà a seconda della stagione, primavera, estate e autunno.»

«Max, hai fatto veramente una meraviglia. Paige l'ha già visto? Dovrebbe essere qui.»

«Ah, sì. Paige e Kayla mi hanno aiutato a preparare tutto questa mattina.» Mi prende la mano. «C'è dall'altro.» Mi guida verso il retro della casa. Altri cespugli e fiori. E c'è una pergola nuziale decorata con tralci verdi e mazzi di rose nella tonalità dal bianco al rosa chiaro.

Mi guida sotto la pergola. «Per il vostro nuovo tema romantico. L'ho decorata in modo che tu possa averne un'idea. Se vuoi posso piantare del rampicanti sui lati e poi potrete aggiungere dei fiori freschi per il matrimonio.» Indica l'orto nel cortile laterale. «Ho aggiunto qualche cespuglio di rose e altri fiori che Kayla dice essere popolari con le spose.»

Mi si riempiono gli occhi di lacrime. «Non riesco a credere che abbia fatto tutto questo. È così meraviglioso. Grazie.»

Lui mi prende entrambe le mani, guardandomi negli occhi. Per un momento sembra che siamo noi gli sposi sotto la pergola nuziale. «Brooke, sei più di un antistress per me.»

Sbatto le palpebre per ricacciare le lacrime. «Oh-kay.»

Max espira bruscamente. «Provo dei sentimenti per te, sentimenti profondi, e questo è il mio modo per dirti che ti amo.»

Mi manca il fiato e il cuore comincia a battere forte. Ero così sicura che non provasse quello che provo io.

Lui chiude gli occhi per un istante. «Se sono l'unico...»

Lo bacio. «Non sei l'unico.»

Si tira indietro, guardandomi negli occhi. «Mi sono sentito così perso nelle ultime due settimane, avevo perso te, la casa e poi finalmente ho capito. Sei tu la mia casa.»

Gli metto le braccia intorno al collo. «Questa è la cosa più romantica che mi abbia detto qualcuno. È lo stesso anche per me, Max.»

Lui mi bacia, poi mi avvolge le braccia attorno, tenendomi vicina. «È un bene che siamo ciascuno la casa dell'altro, visto che al momento siamo entrambi senzatetto.»

Rido e mi tiro indietro, accarezzandogli la barba. «Ero così spaventata di essere l'unica a provare sentimenti così profondi, ma adesso. Sono così...» Mi si spezza la voce. «Sono così felice. Ti amo anch'io.»

Max mi appoggia la mano sulla guancia e mi bacia a lungo, con passione. «Ho ancora una cosa da mostrarti. Seguimi.»

«C'è dell'altro? Ma hai già fatto tanto.»

«Beh, quando ti rendi finalmente conto che in effetti non è vero che sei un irresponsabile, vuoi continuare a dimostrarlo.»

Lo seguo al suo pick-up. «Aspetta. Pensavi di essere un irresponsabile? Ma hai la tua impresa, hai aiutato tuo fratello, adori tua sorella...»

«Sì e finalmente ho capito che nonostante possa assomigliare al mio irresponsabile padre, io non sono lui. Liam era così grato del mio aiuto che ha promesso di dare il mio nome a uno dei gemelli se sarà maschio. Mi ha chiesto di essere il padrino. Lo fai solo quando ti fidi veramente di qualcuno.»

Saliamo sul pick-up. Prendo la scatola di cioccolatini e gliene offro uno. Ne prendiamo entrambi uno. «Mmm, sono così buoni. Max, avrei potuto dirtelo io. È così ovvio che mantieni i tuoi impegni. Hai fatto più del dovuto per la locanda. Sono sicura che tutti i tuoi clienti ti ritengano affidabile.»

«Sì, ma nessuno di loro ha dato il mio nome a uno dei loro figli.» Mette in moto ed esce in retromarcia dal viale. «Parte dell'essere il padrino è che vuole che sia io a occuparmi dei suoi figli se mai dovesse succedere qualcosa a lui e alla sua ragazza. Dio non voglia, ma è quello che ha detto.»

«È un onore.»

Il percorso è breve. Si ferma davanti al cottage e scende. La prima cosa che noto è che il cartello IN VENDITA adesso dice VENDUTO. La seconda cosa che noto sono le aiuole appena piantumate, le siepi potate e i fiori selvatici.

Mi volto a guardarlo, spalancando gli occhi. «Hai comprato il mio cottage?»

Lui sorride e mi bacia. «Ho comprato un cottage che ha bisogno di essere ristrutturato. Mi piacerebbe essere il tuo primo cliente. Entra a vederlo e dimmi come lo sistemeresti.»

Sbatto gli occhi, ho la gola stretta. Il mio primo lavoro su un cottage che ho adorato al primo sguardo. Forse un giorno vivrò qui con Max.

Lui scende dal pick-up e cammina per venire dalla mia parte. Mi apre la portiera e mi guida verso la porta. «Ti piacciono i fiori selvatici? Ho pensato che fossero più intonati al cottage.»

«Li adoro.»

Apre la porta d'ingresso. L'interno è degli anni Sessanta, con pavimenti di legno e illuminazione vintage. Le pareti sono dipinte di giallo, con un disegno a spirali. C'è una finestra passavivande nella parete tra il soggiorno e la cucina, che ha gli armadietti dipinti di bianco ed elettrodomestici in acciaio inox. La mia mente si riempie di possibilità.

Lungo il corridoio ispeziono le tre camere e un bagno. Torno di corsa in soggiorno. «Posso vedere lo studio d'artista sul retro?»

«Certamente.»

Usciamo dalla porta sul retro accanto alla lavanderia.

Vado verso il piccolo edificio dalle pareti bianche con un lucernario e grandi finestre.

Max si ferma davanti alla porta. «Non voglio farti pressioni, okay. È solo un'idea.»

Aggrotto le sopracciglia, confusa.

Lui apre la porta e mi indica di entrare. Lo spazio è luminoso e brilla dal pavimento al soffitto come se fosse stato pulito di recente. C'è un tavolo da disegno vintage, inclinabile, e una scrivania con una sedia imbottita accanto a una finestra. Li fisso. «Sembra un ufficio. È per la tua impresa?»

«È per te.»

Mi volto di colpo, a bocca aperta.

«È tutto per te» mi dice con la voce roca.

«Solo per me?» chiedo con la voce che non vuole uscire. È il regalo più magnifico che abbia mai ricevuto, ma io voglio *lui*.

«Mi piacerebbe che fosse la casa per noi due.» Mi prende il volto nelle mani grandi. «Potresti prendere in considerazione di sposarmi?»

Le lacrime cominciano a scendere. «Sì, lo prenderei seriamente in considerazione.»

Max mi bacia, gli metto le braccia intorno al collo, restituendogli il bacio con abbandono.

Mi abbraccia, parlandomi vicino all'orecchio. «Quanto seriamente?»

«Non riesco a credere che mi abbia comprato una casa.»

«L'ho comprata per noi. Aspetta, lasciamelo fare nel modo giusto.» Prende un anello di diamanti dalla tasca e si mette su un ginocchio. «Brooke Winters, ti amo e sono così maledettamente grato che tu sia entrata nella mia vita. Mi faresti il grande onore di diventare mia moglie?»

«Sì!»

Mi infila l'anello sul dito. Lo abbraccio, senza parole, completamente travolta.

Max si tira indietro per sorridermi. «Non sono mai stato così felice.»

«Anch'io!» Mi guardo intorno, con mille idee che si affollano nella testa.» C'è un cucinino sulla sinistra e una porta in fondo allo spazio per lo studio. «Lì c'è una camera da letto?»

«Certo. Stai pensando di provarla?»

Corro sul fondo per controllarla, notando le dimensioni, il piccolo spogliatoio e il bagno. «Userò sicuramente questa dépendance come ufficio, ma la cosa bella è che potremmo anche affittarla, se volessimo.

«Pensavo che saremmo stati solo noi due, per un po'.»

«Devo fare degli schizzi di questo studio e anche del cottage. Oh, Max, ho già tante idee. Non vedo l'ora di cominciare la ristrutturazione.»

Max si massaggia la nuca. «Magari dovremo rimandare un po'. Ho speso tutto quello che avevo per comprare la casa.»

«Capito.» Misuro mentalmente la finestra e prendo in considerazione di spostare lo spogliatoio per far spazio a un bagno più grande.

«Stai progettando tutto nella tua testa, vero?»

«Sì» dico distrattamente, prendendo il telefono e aprendo l'app per le misurazioni. «Ho solo bisogno di qualche misura.»

«Immagino che organizzare il matrimonio toccherà a me.»

«Chiederò a Kayla di occuparsene lei. Adora questo genere di cose.»

Max mi afferra e mi spinge contro la parete. «Sai che cosa adoro io?»

«Che cosa?» chiedo senza fiato.

«Te.» Mi bacia e le cose ci sfuggono di mano piuttosto in fretta. Mi accorgo solo che sto alzando una gamba e mi sono appiccicata a lui. «Dobbiamo rendere nostro questo posto.»

«Mi piace il tuo modo di pensare.»

E poi non ci sono più parole. Solo il desiderio di unirci: i nostri corpi, i cuori, le anime. *Pura beatitudine.*

Quando torno sulla terra, Max mi riveste e poi mi prende in braccio, attraversa lo studio ed esce.

Sorride. «Adesso devo portarti in braccio oltre la soglia del cottage. Kayla mi ha detto che è una specie di tradizione nuziale. Prima però dovevo assicurarmi che accettassi di sposarmi.»

«Sembriamo molto bravi a fare le cose nell'ordine contrario. Prima la casa poi il matrimonio.»

«Purché finiamo per stare insieme. È tutto quello che conta.»

EPILOGO

Max

È la fine di giugno e, in smoking, sto aspettando la mia sposa sotto la pergola nuziale. Non è una figata? Siamo la prima coppia che si sposa alla locanda. Abbiamo deciso per il pacchetto che include la famiglia e gli amici più intimi. Brooke ha ingaggiato un fotografo professionista. La capisco, le fotografie del nostro matrimonio faranno parte del materiale pubblicitario della locanda, il sito web e saranno inviate alle riviste di spose per un potenziale articolo. Ottimo modo di sfruttare il momento.

Kayla ha sposato Adam la prima settimana di giugno con una cerimonia in grande e il ricevimento al Bell. Brooke e io abbiamo deciso, proprio allora, che volevamo una cerimonia piccola e intima. Non fraintendetemi: il matrimonio di Kayla è stato divertente, ma, semplicemente, non è il nostro stile. Kayla e Adam sono tornati lo scorso fine settimana dalla luna di miele alle Hawaii, abbronzati e felici.

Mia fratello Liam è il mio testimone, insieme alla mia amica Sloane. Brooke ha chiesto a Kayla e Paige di essere le sue. Non poteva scegliere tra le due sorelle, quindi anch'io ne ho due al mio fianco. Mia sorella, Skylar, leggerà dei passi della Bibbia per noi. La mamma di Brooke, Cynthia, è in prima fila e ovviamente ho invitato il papà di Sloane, Rob. È il mio padre onorario. Rob sembra andare d'accordo con Cynthia da quando si sono conosciuti ieri sera. Che combinazione interessante: una professoressa di storia e un meccanico.

Skylar mi saluta dal fondo del breve corridoio tenendo per il collare un eccitatissimo Scout. La sua pelliccia è lucente dopo la visita al toelettatore. Ha un cuscinetto con gli anelli legato sul dorso. Ho cercato di insegnargli a non lanciarsi su di me quando vuole richiamare la mia attenzione. Vedremo se ha funzionato.

Scambio una parola con il nostro officiante, il sindaco Levi, e faccio un cenno affermativo a Skylar. Lei indica a Wyatt di dare il via alla musica, una lenta marcia nuziale.

Mi do un colpetto sulla gamba. «Scout, vieni ragazzo.»

Skylar lo lascia andare e lui trotterella lungo il corridoio, con la coda tesa in alto e la bocca aperta in quello che sembra un sorriso. Il gruppetto di partecipanti è tutto un *ooh* e *aah*.

«Bravo ragazzo» dico. «Aspetta.»

Scout resta fermo, paziente, mentre prendo gli anelli dal cuscinetto. Poi gli do una bella grattata e lui si appoggia alla mia gamba. Mi tiro indietro, non voglio peli di golden retriever sullo smoking. Skylar lo chiama e lui corre verso di lei.

Gli ordina di sedersi, ma ha troppo impeto ed eccitazione canina per obbedirle. Le salta addosso e le lecca la faccia. Lei ride e lo spinge via, poi gli aggancia un guinzaglio e lo accompagna a sdraiarsi in fondo al corridoio.

Paige cammina lentamente verso la pergola nel suo abito da damigella color pesca, con un bouquet di rose bianche in mano. Il polso comincia ad accelerare. Sta veramente accadendo. Ho pensato per tanto tempo di non essere tagliato per il matrimonio. Pensavo di avere i geni dei Bellamy, irresponsabili e non in grado di impegnarsi. Ma sapete? È bastata la donna giusta per farmi capire come avrebbe potuto essere meravigliosa la vita insieme.

Kayla percorre il corridoio subito dopo, ma il mio sguardo è incollato alla donna dietro di lei. Eccola, la mia bellissima sposa. La gonna sembra fluttuare intorno a lei in tanti strati. I capelli sono raccolti, intrecciati con fiori. In mano ha un bouquet elaborato di rose bianche e rosa.

Sbatto gli occhi un paio di volte per schiarire la visione, inaspettatamente sono pieni di lacrime. L'amo così tanto. Mi ha detto che sarò un padre meraviglioso, visto come mi comporto con Scout e Skylar. Non che un cane e una sorella minore siano la stessa cosa, ma comunque... Significa moltissimo per me. Ho pensato per tutta la vita che non avessi quello che serve per essere un bravo padre, con il pessimo esempio che ho avuto. Brooke crede in me al cento per cento.

Mi sorride e gli occhi si riempiono nuovamente di lacrime. Finalmente arriva accanto a me.

Le metto una mano sulla guancia. «Sei così bella.»

«Ti amo.»

«Ti amo anch'io.»

Qualcuno si schiarisce la voce. Oh. Immagino che ci siano dei voti da pronunciare. Il sindaco Levi Appleton indica di fermare la musica e cominciamo.

La mia vita comincia in questo momento, con Brooke al mio fianco.

Brooke

Sto cercando di non essere una sposa piagnucolante, ma Max lo sta rendendo difficile, con i suoi occhi pieni di lacrime. Mi sfugge una lacrima. Sono a malapena conscia della gente intorno a noi, tutta la mia attenzione è concentrata sull'uomo che amo con tutto il cuore.

Non riesco a trattenermi quando Max pronuncia i suoi voti con la sua voce profonda e sincera. Lui mi asciuga le lacrime con i pollici. Alle sue spalle intravedo Sloane che si asciuga gli occhi.

Riesco a pronunciare i miei voti con la voce ferma e solo qualche schiarita di gola.

«Vi dichiaro marito e moglie» annuncia il sindaco. «Puoi baciare la sposa.»

Max mi prende il volto con entrambe le mani e mi dà un bacio tenero. Poi ci teniamo per mano e ci voltiamo sorridenti verso il piccolo gruppo di amici e famiglia.

Loro ci applaudono mentre percorriamo il corridoio. Un matrimonio all'aperto, alla locanda, era la scelta perfetta per noi. È dove è cominciato tutto e non c'è niente di più appropriato per un giardiniere che godersi la natura durante il suo matrimonio. E sono riuscita a includere Scout!

Alla fine del corridoio Max mi afferra e mi abbraccia.

Lo stringo forte e alzo gli occhi su di lui. «Mi hai fatto piangere con i tuoi occhi lacrimosi.»

«No, eri tu la prima con gli occhi lacrimosi e poi io li ho avuti un po' meno lacrimosi, ma solo per simpatia.»

Mi fa ridere. «Giusto.»

Mi prende la mano e mi bacia le nocche. «Mi travolgi. Non riesco a credere a quanto sono fortunato.»

«Anch'io!» esclamo felice.

Kayla appare al mio fianco. «Congratulazioni!» Ci abbraccia entrambi. Spencer chiede se deve portar fuori il cibo per il cocktail. Ha accettato di cucinare per il nostro matrimonio. Spero che possa farlo regolarmente per i matrimoni alla locanda. Sarebbe un secondo lavoro per lui. Quello principale resta quello di chef all'Horseman Inn. Il suo capo, mia cognata Sydney, è d'accordo che lavori occasionalmente per noi. Pensa che incoraggerà gli ospiti dei matrimoni a provare la cucina dell'Horseman Inn quando sono in città. Peccato che Spencer non abbia ancora fatto pace con Paige.

«Certamente» dico. «Sto morendo di fame. Prima ero troppo nervosa per mangiare.»

«Perché eri nervosa? Avevi qualche dubbio?» mi chiede Max.

«Assolutamente no. Volevo solo che tutto fosse perfetto.»

«Per quello ci sono io» cinguetta Kayla. «Vado a dirglielo. Nel frattempo, bevete un po' di champagne.» Indica la tenda bianca in cortile. C'è anche una piccola pista da ballo oltre a un lungo tavolo per i cibi e le bevande. Tavoli rotondi con le tovaglie bianche circondano la pista da ballo. Sono simili a quelli che avevano Wyatt e Sydney per il loro matrimonio all'aperto a casa loro. È stato un matrimonio facilissimo da organizzare, più che altro grazie a Kayla. Potrebbe avere sbagliato mestiere studiando Biostatistica. È una meraviglia quando si tratta di organizzare matrimoni.

Camicia e pantaloni neri, Spencer esce con un grande vassoio in mano, seguito da due altri camerieri vestiti allo stesso modo.

Max e io lo seguiamo nella tenda. Appoggiano i vassoi sul lungo tavolo accanto allo champagne. Indico alla nostra famiglia e agli amici di avvicinarsi e servirsi.

Paige ispeziona il cibo. «Che cos'è successo ai funghi ripieni?»

Spencer si irrita immediatamente. «Ho preso una decisione operativa. I funghi non avevano un bell'aspetto. Al loro posto abbiamo fettine di patata dolce con formaggio e mirtilli rossi. Ho anche aggiunto i datteri avvolti nel bacon.»

«Dovresti concordare i cambi di menu con i tuoi clienti» dice Paige. «Suggerimento professionale.»

Lui le si avvicina tanto da obbligarla a tirare indietro la testa per guardarlo negli occhi. «Io prendo le decisioni sulla base della qualità del cibo a disposizione il giorno in cui devo cucinarlo. Sono noto per la mia cucina dal campo alla tavola, tutto fresco. *Suggerimento professionale*: ha un sapore migliore. Prova le fettine di patata dolce.»

Lei stringe gli occhi.

«Ne assaggerò io una» dico prendendo una fettina e Max mi imita.

«Sono veramente buone, Paige. Assaggiane una.»

Spencer prende una fettina e gliela porge. «Assaggiala.»

Gli occhi di Paige lampeggiano. «Obbligare un cliente ad assaggiare la tua cucina. Carino.»

«Te lo sto offrendo» dice Spencer a denti stretti. «Mi vedi forse che lo sto infilando nella tua boccaccia?»

«Boccaccia!» esclama Paige.

Spencer si infila in bocca la fettina di patata dolce e mastica ferocemente prima di voltarsi e tornare verso la locanda.

Paige si mette le mani sui fianchi. «Riesci a credere a quel tizio? Non lo assumeremo più.»

«Guardati attorno» le dico. «Sembra che tutti apprezzino quello che ha preparato.»

Lei si guarda intorno. «Hanno semplicemente fame.»

«E il menu per la cena è spettacolare» dico. «Buono come quello di qualunque ristorante elegante in città.»

Paige fa un respiro profondo. «Scusami se sono così irritabile. Qualcosa in lui mi infastidisce. Comunque immagino vada bene, purché sia tu e non io ad averci a che fare.»

«Lieta di farlo, ma non dimenticare che saremo al completo il prossimo fine settimana e Spencer si occuperà del barbecue. Io sarò in luna di miele.» Max e io partiremo domani per la nostra luna di miele alle Bermuda.

Lei dà un'occhiata a Max e poi mi abbraccia. «Certo. Non preoccuparti.» Va verso il tavolo dove c'è lo champagne e ne beve un lungo sorso.

«A me sembra che Spencer sia a posto» dice Max.

Tengo la voce bassa. «Credo che le ricordi il suo ex-fidanzato. Noah era veramente, diciamo, molto sicuro di sé, quasi arrogante. Paige pensava che fosse un'ottima qualità all'inizio, poi non più tanto.»

Max mi bacia. Poi siamo circondati dagli ospiti benauguranti che ci chiedono della locanda e dei nostri programmi per il cottage. Ecco qual è il bello di un matrimonio intimo. Possiamo conversare con tutti quelli che ci vogliono bene.

Prima che me ne accorga, Kayla annuncia che la cena sta arrivando e chiede a tutti di sedersi al loro posto. Ha preparato i cartellini con i nomi degli ospiti, usando una penna calligrafica. Pensa veramente a tutto.

Wyatt si ferma accanto a noi quando tutti gli altri si dirigono verso i loro tavoli, tenendomi ferma con una mano sul braccio. Afferro la mano di Max per tenerlo con noi.

Wyatt sembra insolitamente serio. «Ho pensato a lungo a

che cosa prendervi come regalo di nozze. E ho pensato che il miglior regalo sarebbe stata una casa fatta su misura per voi.»

«Abbiamo una casa» gli dico.

Lui mi consegna una busta. «È il vostro budget per la ristrutturazione. Scatenatevi. Fatela vostra.»

Non devo nemmeno guardare nella busta per sapere che il mio fratellone ci ha fatto un regalo veramente generoso. «Wyatt, è troppo.»

«Come fai a saperlo?» dice Max prendendo la busta. Guarda dentro e fischia piano.

Wyatt mi abbraccia e mi sussurra all'orecchio: «Niente è troppo per la mia sorellina. Congratulazioni».

Mi si riempiono gli occhi di lacrime. «Grazie.» Wyatt ha cercato di fare del suo meglio per essere un padre per le mie sorelle e me dopo la morte del nostro. Ha solo quattro anni più di me ma quel triste evento gli ha dato una maturità che va ben oltre i suoi anni.

Wyatt mi bacia la tempia e poi stringe la mano di Max.

«Grazie per il tuo regalo veramente generoso» dice Max. «Non vedo l'ora di vedere che cosa riuscirà a combinare Brooke. È veramente brillante.»

Wyatt sorride. «Vero. E grazie per averla indotta a trasferirsi qui in permanenza. Le cose non andavano bene col suo lavoro nel New Jersey e tutto quell'andare avanti e indietro.»

«Sono io quello che dovrebbe ringraziarti per aver mostrato questa proprietà alle tue sorelle» dice Max.

Alzo le mani. «Okay, okay, non è stata una vostra decisione. Avevo programmato di restare qui part-time per sovraintendere alla locanda.»

Wyatt fa un cenno con la testa e Max lo segue. Continuano a parlare a bassa voce.

Spalanco gli occhi. Waytt sta dando a Max qualche specie di consiglio paterno? Rialzo la gonna e mi affretto a raggiungerli proprio mentre Wyatt sta dicendo: «Sapevo che eri un tipo a posto quando Scout è impazzito per te».

Proprio in quel momento Scout si libera dalla presa di Skylar e corre verso di noi. Ha le zampe un po' sporche, come se avesse trovato un punto dove scavare. Il laghetto? L'orto? Per un attimo vado nel panico, temendo che mi rovini l'abito da sposa, ma lui ha occhi solo per Max. Corre da lui e si siede immediatamente, aspettando una carezza. Max lo gratta nel punto giusto e Scout resta lì felice, con la lingua penzoloni.

Li raggiungo e il fotografo scatta qualche istantanea di noi tre. La mia piccola famiglia: Max, io e Scout.

Dopo le fotografie mi rivolgo a Max. «Forse dovremmo permettere alle coppie che si sposano di far partecipare i loro cani all'evento.»

«Ricordi che Paige si preoccupava delle possibili allergie?» Mi mette un braccio sulle spalle. «È solo per noi. Però potrebbero portare i loro bambini.» Guarda suo fratello Liam che sta portando un piatto alla sua ragazza incinta, Alexis.

«Spero che Liam la sposi e che i gemelli partecipino alla cerimonia.»

«Sarebbe fico.» Passa le mani sui risvolti dello smoking. «Probabilmente l'ho ispirato io.»

Sorrido. «Perché sei un uomo felicemente sposato.»

«Maledettamente vero. Pensi che potremmo volere un paio di bambini in futuro?»

Lo abbraccio sorridendogli. «Mi piacerebbe. Ma non li chiameremo come te. Due Max Bellamy in famiglia confondono già abbastanza.»

«Che ne dici di Maxine?»

Rido. «Torneremo su questo argomento quando avrò in mano un libro con tutti i nomi per i bambini.»

Max mi sorride teneramente, con gli occhi azzurri dolci. «Non vedo l'ora di fare qualunque cosa con te.»

Torniamo dalla nostra famiglia e dai nostri amici, la forza del nostro amore ci unisce su Lovers' Lane, dove è cominciato tutto.

Non perdetevi il prossimo libro della serie *Chasing - Spencer*, nel quale Paige e Spencer si accordano per fingere per vendetta di essere sposati per partecipare a un matrimonio. Peccato che la situazione prenda una piega sbagliata.

Partecipare a un matrimonio fingendo per vendetta di essere sposati. Peccato che la situazione prenda la piega sbagliata!

Paige

Il problema con Spencer Wolf è che pensa di essere il capo, mentre il capo sono *io*. Gestisco io la locanda. Lui è il mio consulente chef e si occupa del catering, oltre a essere uno scapolo irriducibile e arrogante.

Ma quando crollo ricevendo un invito al matrimonio del mio ex-fidanzato, è Spencer che viene in mio soccorso, offrendosi di partecipare con me al matrimonio. Il perfetto finto marito innamorato.

L'inghippo? Vuole anche la luna di miele. Una notte, niente vincoli. Cavoli, no!

E poi mi bacia e in un momento di libidinosa debolezza finisco per accettare.

Sono piuttosto sicura che sia il più grosso errore della mia vita.

Spencer

Ammettilo, Paige, hai bisogno di me.

Iscrivetevi alla mia newsletter per non perdervi le nuove uscite: https://www.kyliegilmore.com/ITnewsletter

ALTRI LIBRI DI KYLIE GILMORE

Storie scatenate

Fetching - Wyatt (Libro No. 1)

Dashing - Adam (Libro No. 2)

Sporting - Eli (Libro No. 3)

Toying - Caleb (Libro No. 4)

Blazing - Max (Libro No. 5)

Chasing - Spencer (Libro No. 6)

Daring - Gage (Libro No. 7)

Leading - Levi (Libro No. 8)

Racing - Dominic (Libro No. 9)

Loving - Drew (Libro No. 10)

I Rourke di Villroy,

Principi da sogno ed eroine tostissime.

Royal Catch - Gabriel (Libro No. 1)

Royal Hottie - Phillip (Libro No. 2)

Royal Darling - Emma (Libro No. 3)

Royal Charmer - Lucas (Libro No. 4)

Royal Player - Oscar (Libro No. 5)

Royal Shark - Adrian (Libro No. 6)

I Rourke di New York

Rogue Prince - Dylan (Libro No. 1)

Rogue Gentleman - Sean (Libro No. 2)

Rogue Rascal - Jack (Libro No. 3)

Rogue Angel - Connor (Libro No. 4)

Rogue Devil - Brendan (Libro No. 5)

Rogue Beast - Garrett (Libro No. 6)

Andate sul mio sito web kyliegilmore.com/italiano per vedere la lista aggiornata dei miei libri.

L'AUTRICE

Kylie Gilmore è l'autrice Bestseller di USA Today delle serie: I Rourke; Storie scatenate; The happy endings Book Club; The Clover Park e The Clover Park Charmers. Scrive romanzi rosa umoristici che vi faranno ridere, piangere e allungare le mani per prendere un bel bicchiere d'acqua.

Kylie vive a New York con la sua famiglia, due gatti e un cane picchiatello. Quando non sta scrivendo, tenendo a bada i figli o prendendo debitamente appunti alle conferenze per gli scrittori, potete trovarla a flettere i muscoli per arrivare fino all'armadietto in alto, dove c'è la sua scorta segreta di cioccolato.

Iscrivetevi alla newsletter di Kylie per avere notizie sulle nuove uscite e sulle vendite speciali: kyliegilmore.com/IT-newsletter. Controllate il sito web di Kylie per trovare altra roba divertente: https://www.kyliegilmore.com/italiano/.